AF355874

LES AÏEUX.

LES AÏEUX.

—

LE PRESBYTÈRE

4me PARTIE DU POÈME DE MICKIÉWICZ;

TRADUCTION EN VERS FRANÇAIS,

PAR P. DUBOIS,

Précédée d'une Préface

PAR N. DAVID.

PARIS	REIMS
GABRIEL jeune,	**BRISSART-BINET**,
Éditeur,	Libraire,
Passage du Saumon, 2.	Rue du Cadran-Saint-Pierre.

—

1851

Paris. — Typographie Jules Juteau et Cᵉ, rue St-Denis, 345.

PRÉFACE.

La mode veut aujourd'hui que l'admiration soit bornée à un cercle étroit en littérature, en science ou en art. Quelques noms dont il est impossible, sous peine d'être accusé d'ignorance, de méconnaître la valeur, accaparent les applaudissements du public français. Lorsqu'à force de travail la critique parvient à révéler et à faire accepter une gloire nouvelle, elle rencontre de vives et nombreuses résistances, car bon nombre de gens ne sont jamais persuadés que le génie est de tous les pays et a droit de cité partout : pour ces exclusifs, l'admiration ne doit oser se produire qu'à l'égard des littératures dont l'idiome est enseigné dans nos écoles publiques, souvent d'une assez pauvre façon. C'est donc une entreprise audacieuse que de réclamer en France une part de sympathie pour une littérature non enseignée. Tel est pourtant le sort de la Pologne en matière de poésie. Par suite de l'étude des langues allemande, anglaise et italienne, nous avons appris qu'il existait, au-delà du Rhin, de la Manche et des Alpes, d'immortels génies nommés Schiller, Byron, Shakespeare, Dante, Tasse et Pétrarque, mais nous n'avons pu nous habituer à lire et à prononcer dans la langue polonaise les noms de Kochanowski, Niemcewicz, Brodzinski et Miçkiéwicz. C'est en vain que des traductions ont fait appel à l'impartialité des lecteurs ; cet appel venait trop tard : l'admiration française avait distribué ses couronnes.

Il faut donc accepter ce triste fait et essayer une fois de plus dans un désert de reitérer une prière tant de fois formulée !

C'est qu'aussi ce n'est plus seulement à un pays qu'on refuse l'hospitalité littéraire, c'est à la poésie elle-même qu'on enjoint rigoureusement de ne pas franchir la frontière. Les sombres préoccupations de la politique ont remplacé chez nous les douces émotions des lettres, et celles-ci sont pour longtemps forcées de chercher un asile que la France accordait hier à toutes les gloires réelles. Cependant notre société en voie de reconstruction pourrait encore recevoir de graves et dignes leçons dans cette réunion ignorée des littérateurs polonais ; et, s'il lui fallait choisir entre tous, ne pourrait-elle s'arrêter sur celui qui lui ôterait quelques heures de ses amers découragements et lui donnerait en échange, sous une harmonieuse pensée, la foi politique et religieuse qui lui manque, ou qui du moins a reçu de si profondes atteintes. Ou bien, à ses rares moments de repos et de loisir, ne peut-elle, cette société ulcérée, retremper son cœur en entendant raconter par un poète ses malheurs et ceux de sa patrie... Vain espoir ! la faim, — la mauvaise conseillère, — travaille rapidement à enlever ses épaves, et la poésie ne peut plus consoler les générations qui pleurent ; les peuples opprimés n'attendent plus aucun Messie, tous lui ont fait défaut : hélas ! la poésie comme les autres... Misère partout : misère matérielle, misère morale, toutes deux ont demandé un sauveur, toutes deux ont pleuré sans écho... Il y a place seulement au soleil pour les oppresseurs barbares et les novateurs impuissants. Les premiers ne veulent faire que le mal ; les derniers, pleins de généreux vouloirs, marchent isolés : le faisceau rompu, chacun s'arrête sur la route à ramasser les fascines sans les réunir. Toutes ces fois perdues ne résolvent aucun problème et passent sans résultat devant la foule silencieuse.

Pour quelques esprits, malgré ce sourd et incessant travail de démolition, la poésie est restée l'amie du foyer ; elle a distancé pour eux tous les systèmes politiques, et conservé les droits qu'elle avait acquis au prix de tant de siècles de gloire. — Pour ces organisations oublieuses du présent, la vie intérieure est tout ; elles ont à leur service la psychologie humaine tout entière : dans l'ordre moral, la foi, l'espérance et la charité ; puis, dans l'ordre sensuel, l'aspiration, le désir, la contemplation ou jouissance ; l'aspiration, ce vague besoin, cette chimère sans cesse renaissante, lumière confuse, chaos adoré auquel on ne cherche jamais à prêter de forme positive ; l'aspiration, rêverie voilée, non profanée par le désir ; — puis alors ce désir, qui est plus qu'un rêve, qui n'est pas encore la réalité, le désir que nos sens caressent avec tant d'ardeur, que nous voyons, que nous touchons, sans rien voir, sans rien toucher ; tantôt une oasis dans le désert, tantôt une ttempêe dans la mer de la passion ; orageuse ou douce étape dans la voie du bonheur ; — jusqu'à ce qu'enfin la contemplation arrive à nos yeux, à tout notre être, pour nous enivrer longuement de bonheur réel, physique ou moral, ineffable ensemble de bonheurs relatifs, suivant les natures, éthérées ou matérielles, suivant les climats, les races, les civilisations. Avec quelle facilité pourrait-on appliquer aux poésies diverses du monde cette triple forme de la pensée ; combien il est incontestable que toutes, malgré les divergences de fond, de forme, de raison, de fantaisie, de positivisme ou d'imagination, se réunissent dans un centre commun : l'humanité !

L'humanité, grand mot et grande chose, mal cherchée, mal définie bien souvent, sublime monument que la Divinité a donné à bâtir à la Créature, pour que chacune y apporte, qui le grain de sable, qui la pierre ou 'e marbre, le granit, l'or, qui le génie, qui la lumière ou l'erreur, et souvent aussi la sueur de sang de Christ au Golgotha, — les souffrances du *chercheur* insulté par l'inerte *jouisseur*, le génie calomnié par la matière et presque toujours vaincu par elle ; car nul ne peut fuir sa désespérante étreinte.

Pauvres fous que tous ces poètes à l'âme immense, aux rayonnements intérieurs si ardents et aux fièvres si généreuses ; pauvres fous, comme disent les aveugles ou les aveuglés, pauvres fous qui oublient dans la recherche de l'inconnu moral les accablantes réalités d'une existence dont les besoins sans cesse renaissants appellent tant d'efforts ennemis de toute pensée contemplative !

Oh ! pauvres fous plutôt ceux qui les méconnaissent et se différencient seulement de la brute par le don superflu d'nn cœur fait pour tous les amours célestes, et roulant volontairement dans les fanges de la terre, eux qui courbent leurs fronts vers celle-ci pour n'en faire sortir que la satisfaction de leurs entrailles.

Mais, ô consolante pensée !

> Sin otra luz ni guia
> Sino que en lo coraçon ardia,

le poète survit à toutes les malédictions, s'élève du sein des gémonies et des martyres, pleure harmonieusement les misères qui l'entourent et cherche dans le ciel et l'abîme de sa pensée ce qui doit relever la créature à ses propres yeux, se fait en tous siècles précurseur ou propagateur de vérité et ardent ennemi de tous les mensonges et de toutes les bassesses. Lui seul sait lire dans les ombres mystérieuses de la voûte céleste ; — lui seul sait devant Dieu ne pas s'abîmer sous l'impuissance originelle ; — lui seul, après avoir rendu hommage au Créateur universel, peut encore dérober sa part de création et déposer dans la grossière argile le feu de Prométhée. C'est pourtant contre cet apôtre de la vérité et du bien que se dressent toutes les hypocrisies, tons les mensonges, tous les génies du mal, sous quelque forme qu'ils apparaissent. — Libres, heureux et honorés parfois nous les voyons : n'est-ce pas le droit du génie ? — persécutés, traînés sur toutes les claies et attachés à toutes les croix, ils le sont plus souvent encore ; c'est aussi le droit du génie ! — Puis, un jour, la postérité leur jette l'aumône de la justice ou la leur rend avec loyauté. Partout aussi, dans l'infortune comme dans la gloire , devant l'opprobre comme devant le triomphe, le véritable poète plane au-dessus des foules, et, sans mépris comme sans haine, il pardonne à ses détracteurs ou à ses ennemis, car *ils ne savent ce qu'ils font.*

Cette gloire cependant n'est pas son seul but : il est immense et glorieux sans doute, mais il lui faut sur des moyens terrestres enter la puissance morale, et force lui est bien d'accepter l'héritage de la forme, tant diversifiée pour écraser l'orgueil des bâtisseurs de la tour de Confusion. — Races, langues et âmes, pas une ne se ressemble ; de leur sein jaillissent de rares génies qui doivent changer le limon en or ; la honte et la malédiction ont eu leur tour, et savent trop bien et trop souvent le reprendre ; il faut que la voix suprême se fasse entendre au milieu de ces trois rivaux : le bien, — le mal, — le doute,

Le poète surgit alors ; interprète du maître de l'univers, il a pour tous des chants, des conseils, des ordres même. La matière lutte contre lui, le bien lui vient en aide, le mal intervient, le doute triomphe, c'est la règle ; — tôt ou tard, ici ou là, par l'un ou par l'autre, la vérité se fait jour, c'est l'exception. Et le pilote, après mille détours sur une terre inconnue, jette victorieusement l'ancre du salut, ou voit en pleurant sombrer son équipage. Tour à tour vénéré et conspué par la foule qu'il domine, il reste impassible et fort devant elle, parce qu'il sait qu'en travaillant obscurément dans un coin de la terre, il apporte une aussi fructueuse part au monument de l'Humanité que si l'univers avait été le théâtre de ses triomphe sou des mépris qui l'ont sali. A travers les âges, les civilisations, sentinelle avancée de la pensée, le poète, maître des langues, des croyances fantômes ou réalités, suit la pente pour revenir au sommet, caresse les rêves, partage les illusions, vit de la vie commune, pour se relever ensuite et parler magistralement à la foule qu'il coudoie. Fantaisiste avec les natures primitives, réaliste avec les races mélangées ou abâtardies, partout il épouse les patries, mais ne garde son amour que pour l'Idée, malgré d'apparentes et passagères infidélités.

Cependant il flotte entre la confiance de l'optimisme, l'inquiétude et le doute ; sans cesse une fouille engagée dans la carrière littéraire, voilà son sort. Passant à travers les âges , *vates* vénéré ou *Cassandre* incomprise , il chante, module sur les rhythmes des pays où le sort l'a fait naître, les douleurs, les gloires, les triomphes, les joies publiques et privées, —ou, tout simplement obéissant à sa mission harmonique, se contentant de chanter les extases de la matière, puisant son inspiration dans son âme ou dans son ventre, il se choisit un rôle, celui d'Homère ou de Tasse, de Milton, de Schiller, de Byron ou de Thersite de Rabelais et de Cervantes ; quand son organisation imparfaite ne fait pas de lui un homme complet comme Corneille, Molière, Shakspeare, Hoffmann.

Esclave malgré lui, au milieu qui le circonscrit, force lui est bien comme nous l'avons dit, d'écouter les croyances, les préjugés, les vertus, les vices, les langages , les harmonies de se patries.

Mais si sa mission est la même partout, que de variétés ne comporte-t-elle pas dans son difficile exercice ! Certes,—croyante, sceptique ou découragée,—la poésie vous parlera à tous, mais il restera plus ou moins de nuages entre vous et la forme qu'elle aura subie ; aussi, l'apparence du génie et le génie vous parleront souvent le même langage, sans vous procurer les mêmes émotions..... Pourquoi ?.....

Quand les philosophes d'il y cent ans nous ont prêché, au milieu d'une servitude parfumée, l'indépendance imprescriptible de l'homme et les droits qu'il a par toutes voies de la réclamer aux puissances de la terre, ont-ils bien songé à l'immense travail auquel ils conviaient leurs descendants, ont-ils agi avec loyauté en semant le bouleversement et la haine, sans formuler les remèdes au malade dont ils ont sondé toutes les plaies , compté toutes les cicatrices , supputé les os cariés, les chairs gangrenées, et au grabat duquel ils se sont tant de fois assis pour se retirer en hochant la tête et disant : « Le pauvre hère est bien bas ! » Ont-ils bien rempli leurs devoirs envers la grande famille humaine en lui dévoilant toute la hideur des sociétés pourries sans lui donner le bienfaisant dictame qui devait les purifier et les guérir.

Les tristes expériences d'un présent sans entrailles ont répondu pour eux.

Philosophes sans cœur, ils ont presque tout fait pour le mal et n'ont presque rien édifié pour le bien. A des croyances heureuses, à des illusions aimées, ils ont substitué d'étroites compensations matérielles en les colorant, pour en dissimuler l'insanité, des brillantes lueurs de l'Humanité.

Ils ont vidé notre âme et ne nous ont laissé à la place que le limon de l'envie et de l'ambition,...... triste présent qui pèse sur nous comme une malédiction.

Tel est notre sort, à nous, enfants de la France, plongés dans le travail d'un avenir peut-être sans issue après avoir usé trois révolutions ; plus résignés, ou plus confiants dans l s destinées de l'avenir, d'autres peuples portent encore le joug politique, et savent préparer dans le silence de l'humilité prévoyante un ensemble de droits qui ne leur ôte pas, du moins, les croyances du passé.

De ce nombre il faut compter la généreuse Pologne, cette France du Nord, France par le cœur et le caractère enthousiaste, supérieure à elle par cette immense union du patriotisme opprimé et du culte de son grand et poétique passé, que le nôtre égalait, et dont nous démolissons en détail l'échafaudage si longtemps debout. Croyances, préjugés, amour fraternel, nous avons marché sur tout cela, et l'on nous appelle les hommes libres ; nos frères les Polonais ont tout gardé, et le fouet d'un Kosak cloue immobile dans leur palais leur langue harmonieusement rude, leurs institutions si grandement nationales. Ils ont à leur tête des hommes vigilants qui ont dévoué leur génie et leur existence au triomphe d'une nationalité écrasée en apparence, mais vivace par tous les pores, se multipliant, renaissant des cendres amoncelées par le tzar de Moskow.

Grande et puissante nation cependant que la pauvre Lithuanie, malgré l'avilissement de l'esclavage, nation *quand même,* de laquelle tous les oukazes de Nicolas Paulowitch ne sauraient retirer la moindre gloire d'un passé historique tout merveilleux. Grande par les armes, les institutions, les lettres, les sciences, je voudrais pouvoir dire les arts, elle a été illustrée par une puissante série de génies profondément originaux, depuis l'introduction du christianisme en Pologne, proclamé par le roi Mieczyslas jusqu'à notre époque, où la nationalité est ensevelie sans être morte.

Prenant le mot d'ordre de l'Allemagne, de la France et de l'Italie, longtemps la langue reste circonscrite aux besoins usuels. La langue latine règne en maîtresse chez les lettrés du moyen-âge ; l'allemand vient ensuite tenir le premier rang ; puis la France prête ses richesses à la Pologne par les soins éclairés du *roi des Paysans*, Kasimir, qui fonde l'Université de Cracovie.

Mais les scholiastes et les ergoteurs qui viennent à la suite du christianisme argumentent en latin. L'imprimerie est inaugurée, et cependant l'abandon insoucieux de la langue du pays se prolonge jusqu'au XVIIe siècle. L'influence des enfants de Loyola rabaisse le sentiment littéraire aux plus puériles proportions; l'Université de Cracovie est détruite. Enfin la révolution de 1789 éclate. La Pologne s'arme avec Kosciuszko et raisonne avec H. Kollontay, qui, avec Kochanowski et Konarski, commence l'œuvre que continueront Niemcewicz, mort à quatre-vingt-cinq ans, dans le *pélérinage polonais*, C. Brodzinski, le poète national par excellence, et Malezewski, qui partage avec l'auteur des Dzyadi l'honneur d'avoir définitivement acquis à la Pologne cette poésie originale dont on cherche vainement la trace dans presque toute la série des littérateurs qui les ont précédés.....

Est-il utile de tracer ici une biographie de Miçkiéwicz, lorsque tant d'éminentes intelligences ont dit tout ce qu'elles ont pu recueillir, soit de la bouche du professeur lui-même, devenu presque Français, soit par celle de ses compatriotes, dans le cœur desquels un affectueux respect a depuis longtemps colligé les moindres détails d'une existence aussi noblement remplie. Pour nous, bornons-nous à renvoyer nos lecteurs à la notice intéressante qui précède la traduction en prose faite par M. Christien Ostrowski, qui seul, selon nous, a tracé avec habileté et bonheur les grands événements traversés par l'auteur des *Aïeux*, qu'il envisage sous la triple face de révolutionnaire patriote, de poète et de professeur, laissant volontairement dans l'ombre ces détails oiseux et bien souvent niais, prétentieux, mensongers parfois, qui font la joie des biographes vulgaires; « d'ailleurs, dit-il, une biographie ne saurait être complète avant que l'homme ait dit son dernier mot, avant que le vase ait répandu tous ses parfums. Sa vie, elle est tout entière dans les *Aïeux*. Quelle narration si fidèle, si détaillée qu'elle soit, pourrait valoir ce poème, ou plutôt cette histoire intime du cœur, dans laquelle M. Miçkiéwicz a déposé, page par page, la *trame de ses pensées et la fleur de ses sentiments*, dans laquelle nous voyons se développer toutes les phases de cette existence si singulièrement favorisée par le génie et le malheur. La vie d'un poète, à tout prendre, ce sont ses œuvres. » Parcourons donc rapidement le côté biographique de notre poète. — Né en 1798 à Novogrodek, les pères dominicains firent de lui un studieux disciple et un fidèle croyant; l'Université de Wilna en fit un savant; tout ce qu'i l'entourait le sacra poète : il fut frappé de bonne heure par les traditions populaires de son pays, et une jeunesse ardente et trop vite dé-

senchantée rameu... ... .. , ...
qu'il avait mis une fois au service d'un amour malheureux.

Raconter la première période de sa vie où il prit la lyre, serait raconter une suite non interrompue de triomphes. L'admiration avait fait place à l'intérêt, et plus tard, le respect devait encore grandir l'admiration que lui portaient ses frères. Une littérature puissante, colorée, harmonieuse, prenait enfin la place d'une littérature scholastique toute de convention, qui aurait à jamais déshérité la Pologne d'une poésie véritablement nationale. A Miçkiéwicz l'honneur d'avoir tenté et le bonheur d'avoir réussi au-delà du possible à doter son pays d'une telle richesse.

Mais bientôt, au lieu de la plume, c'est l'épée qu'il lui faudra tenir, et le Philarète de Wilna sera traîné, après avoir vaillamment combattu, dans les cachots de la Russie, en compagnie de ses illustres amis Thomas Zan, Kolakowski, Sobolewski, Freiend, Justin Pol, Lwowicz, Jankowski, Domeyko, tous ces dévoués martyrs auxquels il a donné l'apothéose dans son œuvre capitale, *les Aïeux*, parmi les richesses de laquelle le traducteur qui livre le présent travail au public a longtemps hésité, tant était grande son admiration, et tant était difficile la tâche qu'il voulait s'imposer.

Après le cachot, vint la liberté, mais la liberté de vivre enfermé dans une ville, sous la surveillance des agents du tzar, comme un galérien échappé. La contagion du patriotisme gagnait jusqu'aux Russes, et le pouvoir impérial envoya notre poète à Odessa, d'où il revint avec un receuil de sonnets, genre de poésie inconnu jusque-là dans la littérature slavonne. La Russie pesait sur ses épaules d'homme libre; il s'en éloigna et gagna l'Italie. Là le surprit la révolution de juillet; l'avenir de la Pologne sembla un moment s'éclaircir, mais le poète prévit la sanglante péripétie de l'insurrection fraternelle, et de l'Allemagne, où il s'était réfugié, il traça le plan de la troisième partie des *Aïeux*, cette funèbre histoire de l'oppression et de l'anéantissement d'un peuple généreux et digne d'autre chose que de ces sympathies stériles que le misérable gouvernement qui pesa sur la France pendant dix-huit ans jetait annuellement comme une aumône sur la tombe de la morte, après avoir annoncé à la tribune législative, avec le soulagement de la peur, que l'ordre régnait à Varsovie!

La France reçut alors Miçkiéwicz. Là, le poète se fit professeur, et sa parole austère a fait connaître, sous un jour nouveau, un peuple qu'on ne connaissait encore que pour son intrépidité. Jusqu'à sa suspension, prononcée par les hommes de Juillet et maintenue par la

.. ....gue dernière, il nous a révélé
le côté réel de sa nation, son individualité littéraire au milieu des
populations barbares qui l'entourent, et cette œuvre difficile, d'apprendre aux Français à admirer quelque chose de nouveau, Miçkiéwicz l'a tenté et a pu se convaincre que ses efforts n'étaient pas stériles. Pour la première fois on oubliait Shakspeare et Byron pour
admirer cette brillante pléïade d'inconnus, dont le nom presque
barbare n'eût jamais pénétré chez nous, si un homme inspiré n'avait
abaissé son génie jusqu'au professorat le plus élémentaire.

Tel est Miçkiéwicz, tel est le plus grand poète moderne de la
Pologne; devons-nous citer ici les critiques et les éloges dont il a été
l'objet; le cadre d'une préface qui ne sera lue que par quelques-uns
s'y oppose peut-être, mais ne devons-nous pas relever le gant et
stigmatiser ces toiseurs de réputations qui ont disséqué son talent et
amoindri son caractère. On s'est, selon nous, étrangement trompé,
en le comparant à Byron et à Goëthe, parce que, amer et sombre
quand il revient sur sa vie privée, — lui dont la vie politique est un
si noble enseignement, — il a souvent fait prédominer son *moi*,
doit-on, comme le savant et regrettable Mochnacki, lui reprocher
de ne pas plus sortir de lui-même que l'araignée de sa toile; souvent
le souvenir de ses jeunes années, la trace de ses premiers désenchan-
tements se font jour, mais ne doit-on pas rendre grâce, en quelque
sorte, à ces malheurs du premier âge, qui ont éveillé en son âme
une poésie nouvelle, d'une étrange grandeur, traduite aux yeux de
l'Europe par les chants de la patrie, les persécutions, la capti-
vité, l'exil et l'ingratitude, qui l'a atteint à son tour, alors que
son génie tentait une nouvelle phase. Et pourtant ce *moi*, tant raillé,
ce *moi* n'était plus cet étroit repliement de Goëthe, de Byron, c'était
le droit du poète patriote; ce n'était plus cette négation et ce doute
incarnés, c'était une individualité se substituant à un peuple, au
nom d'une sainte croyance, d'une foi profonde et d'un dévouement
de tous les instants. Qu'est-ce que l'auteur de *Werther* et de *Faust*,
sinon le *poète de soi-même* finissant par un bourgeois à la suite d'un
obscur princillon? — Qu'est-ce que l'auteur de *Don Juan*, du
Giaour, de *Manfred*, sinon le doute amer, aboutissant au dévouement du soldat? Grands poètes tous les deux, ils n'ont pas droit à nos
respects et à notre ardente sympathie, comme le barde polonais, qui
a bien pu mêler sa personne à la plupart de ses œuvres, mais qui du
moins n'a pas caché dans une servilité sans issue, ou dans les hasards
d'un combat plus chevaleresque que sérieux les trésors de son
immense amour pour la liberté, la patrie et l'humanité.

LES AÏEUX.

Je levai tous les linceuls des morts qui gisaient dans leurs
tombes. Je rejetai loin de moi le divin espoir de la rémis-
sion, rien que pour pouvoir me dire : « Non ! il n'en fut pas
toujours ainsi !... La tombe a dévoré les joies sans nombre
et te voilà seul à présent, les comptant une à une ! ! !..
Misérable ! misérable ! à qui bon recommencer le livre
fatal du passé? N'es-tu pas assez morne déjà ? »

Jean-Paul.

LES AÏEUX.

LE PRESBYTÈRE.

PERSONNAGES.

Le Prêtre.

Le Pèlerin.

Un Enfant.

Chœur d'Enfants.

Demeure du Prêtre. — La table est couverte : deux lumières. Le repas vient de finir. — Une lampe est allumée devant l'image de la Sainte-Vierge. — Sur la paroi une pendule sonnant les heures.

LE PRÊTRE.

Vous que n'a point glacés le froid de la misère,
Tombez à deux genoux autour de votre père,
O mes enfants chéris, et priez le Seigneur
Qu'il nourrisse votre âme, habite votre cœur ;
Qu'écartant des deux mains la foudre des tempêtes,
Il répande la joie et l'amour sur vos têtes !
Puisqu'aujourd'hui l'Église élève vers les cieux
Son encens le plus pur, ses chants les plus pieux,
Pour arracher les morts aux tortures cruelles,
Prions, pour les sauver des flammes éternelles.

(Il ouvre un missel.)

Que la paix nous ramène un repos salutaire,
Qu'un peuple en succombant essaie un vain effort,
Sur un sein plein d'amour qu'un amant tombe mort,
Tes fils sur tes genoux, près de ta cheminée,
Tu nargues, en riant, l'aveugle destinée.
Et moi, je marche. marche, au milieu de la nuit.
Je cours après l'oubli... la douleur me poursuit.
N'entends-tu pas siffler les vents contre ta porte,
Le tonnerre, en roulant, promener sa voix forte ?
Vois-tu le rouge éclair incendier les cieux ?

  (Il regarde autour de lui.)

Sous le chaume natal, ah! que l'on est heureux !

  (Il chante.)

   Sans amour, sans amour que la vie a de charmes !
   Le jour est sans attente et la nuit sans alarmes.

Comme la vie est belle !

  (Il chante.)

   Descends, descends de la tourelle,
   Et viens sous mon toit bienheureux ;
   Tu verras fleur toujours nouvelle,
   Et ce cœur toujours amoureux.

   Du rossignol la voix charmante,
   Sur un ruisseau toujours serein ;
   Pour un amant, pour une amante,
   Heureux le toit du pèlerin !

   LE PRÊTRE.

     Ami, puisqu'à cette heure
Tu sembles te complaire à vanter ma demeure,
On ravive la flamme ; assieds-toi près du feu.
Repose-toi, voyons, et te réchauffe un peu.
Tu ne peux repousser une amitié sincère.
Tu souffres : le repos, frère, t'est nécessaire.

LE PÈLERIN.

Me réchauffer, c'est là très bien parler ! Merci !

(Montrant sa poitrine.)

Non, tu ne sais pas, toi, quel feu me brûle ici !
Malgré le froid, malgré le vent qui vous enlace
Les membres engourdis dans ses liens de glace,
Toujours, toujours je sens en mon cœur soucieux
Mordre ce feu d'enfer... Et souvent, furieux,
Je lance vers le ciel l'insulte et le blasphême,
Je maudis l'existence en niant Dieu lui-même.
Je saisis les glaçons, la neige des chemins,
Sur mon sein embrasé je la presse à deux mains.
Tout se consume... alors tout crépite et bouillonne,
Une ardente vapeur s'échappe et tourbillonne,
Dévorant ma poitrine et calcinant mes os !
Cette flamme fondrait la pierre et les métaux !
Elle consume tout, et la neige bouillonne,
Et la glace en vapeur s'échappe et tourbillonne !

LE PRÊTRE, à part.

Je fais pour lui parler des efforts superflus :
Hélas ! il ne voit rien et ne me comprend plus.

(Au Pèlerin.)

Cependant tu pâlis, et, froid comme le marbre,
Tu trembles, frère, ainsi que la feuille sur l'arbre.
Qui que tu sois, tu viens de bien loin.

LE PÈLERIN.

                            Qui je suis ?

(Regardant l'horloge d'un œil atone.)

Il n'est pas temps encor, non, non... je ne le puis...

Des enfers ou des cieux, sais-je, moi, d'où j'arrive ?
Prête-moi seulement une oreille attentive,
Et d'un sage conseil tu recevras l'appui.

LE PRÊTRE, à part.

Il faut bien se montrer indulgent envers lui.

LE PÈLERIN.

Montre-moi... de la mort tu dois savoir la route !

LE PRÊTRE.

J'y consens, je suis prêt. Mais, à ton tour, écoute :
Malgré ces fils d'argent ta tête est jeune encor :
Le chemin est bien long, de ton âge à la mort.

LE PÈLERIN, à part et troublé.

Ce chemin, je l'ai fait avec tant de vitesse !

LE PRÊTRE.

Aussi les pieds sont las, et la faim nous oppresse.
Prends donc place à ma table !... oh ! ne refuse pas.
Je reviens à l'instant.

LE PÈLERIN, en délire.

Et nous irons là-bas ?

LE PRÊTRE, en souriant.

Il nous faut préparer d'abord le nécessaire.

LE PÈLERIN, distrait.

Bien !

LE PRÊTRE, en montrant le Pèlerin.

Enfants, par vos jeux tâchez de le distraire.

UN ENFANT, l'examinant.

Pourquoi donc êtes-vous aussi mal affublé ?
On dirait le brigand dont on nous a parlé :
Un vrai spectre ! monsieur. Cette histoire est superbe.

Un surtout rapiécé, des feuilles et de l'herbe.

Tiens! du satin! mon Dieu! quel homme original!

(Il aperçoit le stylet que le Pèlerin cache avec soin.)

A quoi peut vous servir ce morceau de métal?

Des nœuds, puis des rubans; eh! vraiment, un rosaire!

Ah! ah! quel revenant! quel drôle de suaire!

LE PÈLERIN , tressaillant et cherchant à se recueillir.

Enfants, il ne faut pas rire des malheureux.

Si vous pouviez savoir quels tourments douloureux

Amènent ce délire où s'efface notre âme!...

Écoutez! autrefois je connus une femme :

Elle était jeune aussi, mais son œil appâli

Dans un orbite creux semblait enseveli.

Tout son corps vacillait sous des haillons fétides,

Des feuilles couronnaient son front couvert de rides.

Nous tous, en la voyant, d'abandonner nos jeux,

De tirer, en criant, ses vêtements fangeux,

De la montrer au doigt et de la contrefaire.

Juifs, nous conduisions cette femme au Calvaire.

Je n'ai ri qu'une fois, une seule, et pourtant

Je frémis en songeant à ce rire insultant.

C'est pour cela peut-être... elle a dû me maudire...

O justice du ciel! qui donc aurait pu dire

Qu'un jour je porterais un costume pareil?

Quels beaux songes alors enchantaient mon sommeil !

(Il chante.)

Sans amour, sans amour que la vie a de charmes !
Le jour est sans attente et la nuit sans alarmes.

(Le Prêtre revient avec du vin et une assiette.)

2

LE PÈLERIN , avec une gaîté forcée.

Dis-moi, prêtre, aimes-tu la romance plaintive ,
Ce chant qui fait pleurer et jusqu'à l'âme arrive ?

LE PRÊTRE.

Ah ! j'en entends assez du matin jusqu'au soir,
Dieu merci ! mais voyons, ne perdons pas espoir :
Le ciel brille plus pur lorsqu'est passé l'orage.

LE PÈLERIN, chantant.

 Et la quitter est difficile,
 Et la revoir n'est pas facile !

Une simple chanson ! la morale en est sage.

LE PRÊTRE.

Nous en reparlerons.

LE PÈLERIN.

   Une simple chanson ?

LE PRÊTRE.

A table donc ! je veux être ton échanson.

LE PÈLERIN.

Oui, les Romanceros sont encor préférables.

 (Avec un sourire; prenant un livre dans l'armoire.)

As-tu lu de Werther les pages admirables ?
En le voyant mourir as-tu désespéré ?
Prêtre, avec Héloïse as-tu jamais pleuré ?

 (Il chante.)

  Que n'ai-je éprouvé de souffrance !
  La mort seule peut me guérir.
  En t'adorant si je t'offense,
  Pour t'oublier il faut mourir.

 (Il tire son poignard.)

LE PRÊTRE, le retenant.

Insensé, que fais-tu? songe donc à ton âme !
Desserrez-lui les poings, arrachez cette lame!
Quelle pensée impie! oh! frère, oses-tu bien?
N'as-tu plus de croyance, et n'es-tu pas chrétien?
Peut-on mourir ainsi? Connais-tu l'Évangile ?

LE PÈLERIN.

Connais-tu le malheur?

(Cachant le poignard.)

Mais soit, ombre fragile,
Il ne faut pas forcer la marche du destin ;
Pour rentrer au néant il est par trop matin.

(Il regarde la pendule.)

L'aiguille marque neuf, trois lumières encore.

(Il chante.)

Que n'ai-je éprouvé de souffrance ?
La mort seule peut me guérir.
En t'adorant si je t'offense,
Pour t'oublier il faut mourir.

Pourquoi la trouvé-je aussi belle ?
Ses yeux, pourquoi sont-ils si doux ?
Je n'ai jamais adoré qu'elle :
Un autre, un autre est son époux !...

Ah! si tu connaissais le poète que j'adore ,
Gœthe, mais non traduit! si ses chants langoureux
Te remplissaient le cœur de désirs amoureux...
Si de son piano, qu'en touchant il embrase,
Les accords te jetaient dans le trouble et l'extase...
Que dis-je? ton esprit est moins matériel :
Tu ne songes qu'au Dieu que tu veux voir au ciel.

Tout entier aux devoirs de ton saint ministère,
Tu trouves le repos et le bonheur sur terre.

(Feuilletant un livre.)

As-tu lu des romans?... Ils tuent comme le fer...

(Il jette le livre.)

Ils furent à la fois mon ciel et mon enfer !
Ils ont empoisonné la fleur de ma jeunesse,
Ils ont marqué mon front de leur brûlante ivresse,
Ils ont brisé mon cœur sous leurs bonds furieux !
Les romans ont tordu mes ailes vers les cieux,
Et je dirige en vain vers nos régions impures
Ces ailes dont ils ont fracassé les jointures.
Abandonné depuis à mes rêves d'amant,
Je disais : Le bonheur est de vivre en aimant.
Puis le dégoût me prit : la nature et les hommes
Ne devenaient pour moi que de vides atômes
Allant, venant, grouillant dans un bas-fond obscur.
Je m'arrachais les yeux pour voir un ciel plus pur,
Je voulais de ma voix écarter la tourmente ;
Je cherchais, j'appelais cette divine amante
Qui n'exista jamais dans ce monde impuissant,
Cette création d'un souffle tout-puissant,
Ce désir vivifié sous ma forte caresse,
Qui de mille couleurs s'embellissait sans cesse.
Mais comme l'idéal a fui ce siècle vieux,
A travers le présent je passai radieux ;
Laissant dessous mes pieds un ciel gros de tempêtes,
Je planai dans l'azur vanté par les poètes,
Recherchant, poursuivant, fougueux explorateur,

Des chimères sans souffle et l'ombre du bonheur.
Enfin l'illusion se montra froide et nue.
Découragé, meurtri, je détournai la vue.
Puis le doute en mon cœur plongea sa dent d'acier ;
Je le sentais rugir comme un ardent foyer.
C'en était fait : j'allais, prostituant mon âme,
Dans les plaisirs impurs éteindre cette flamme.
Un regard, un adieu... puis je prends mon essor...
Ah! je le trouve enfin, ce splendide trésor !
La voilà, la voilà! ma belle fiancée,
Reste là, près de moi!... Maudit! elle est passée!
Je la perds à jamais!

LE PRÊTRE.

O frère, tes douleurs
Retombent sur mon sein et m'arrachent des pleurs.
Peut-être que tes maux ne sont pas sans remède ?
Depuis quand nourris-tu le serpent qui t'obsède ?

LE PÈLERIN.

Depuis quand? Je ne sais... quelqu'un te le dira,
Car j'ai mon compagnon ; tout-à-l'heure il viendra.
En tous lieux et toujours nous cheminons ensemble.

(Il regarde autour de lui.)

Ah! qu'il fait bon ici! quel comfort! mais je tremble.
Regarde : l'ouragan déchaîne dans les airs
Son tonnerre, ses vents, sa pluie et ses éclairs.
Sans doute mon ami grille sous ta fenêtre!
Ensemble poursuivis par les destins, ô prêtre,
Sous ton modeste toit reçois-nous tous les deux.

LE PRÊTRE.

Ma porte fut toujours ouverte au malheureux.

LE PÈLERIN.

Demeure là, je vais te l'amener moi-même.
(Il sort.)

UN ENFANT.

Bon père! ha! ha! ha! quel étrange Bohême!
Que lui manque-t-il donc? Il court comme les fous,
Promenant avec lui sa guenille et ses trous.

LE PRÊTRE.

Tel qui rit vendredi souvent pleure dimanche!
On ne rit pas des pleurs, enfants, on les étanche!
Cet homme est bien malade et souffre horriblement!

LES ENFANTS.

Malade! il a pourtant un visage charmant!

LE PRÊTRE.

Vous croyez; c'est le cœur que ronge la souffrance.

LE PÈLERIN, traînant après lui une branche de sapin.

Viens ici, frère! viens... viens!

LE PRÊTRE, bas aux enfants.

Il est en démence.

LE PÈLERIN.

Arrive, mon ami. Le prêtre est fort humain.

LES ENFANTS.

Père, regarde donc! que tient-il à la main?
Sa branche de sapin nous glace d'épouvante.

LE PÈLERIN, au Prêtre, lui montrant la branche.

Je trouve au fond des bois les amis que je hante.

LE PRÊTRE.

De qui parles-tu là?

LE PÈLERIN.

De mon ami.

LE PRÊTRE.

                                        Comment,
De ce bâton?

LE PÈLERIN.

            Il n'est pas fier, assurément.
Comme il a dans les bois vécu dans sa jeunesse,
Il est, je te l'ai dit, peu fort en politesse.
Saluez donc monsieur !

(Il lève la branche.)

LES ENFANTS.

            Que fait-il? Assassin,
De tuer notre père aurais-tu le dessein?
Fuis, criminel !

LE PÈLERIN.

            Allons! point de crainte enfantine !
Cet assassin, c'est lui... lui seul qu'il assassine.

LE PRÊTRE.

A quoi bon ce sapin? sois sage !

LE PÈLERIN.

                        Ce sapin !...
Et l'on te dit savant comme un Bénédictin !
Oh ! parfait! mais vois donc, de plus près examine.
C'est bien un vrai rameau de cyprès, j'imagine,
Gage de désunion, l'emblême de mon sort!

Sur les mœurs des anciens je te croyais plus fort.

(Il prend des livres)

Ouvre ce vieux bouquin, moisi dans ton armoire,
Des siècles écoulés refeuillète l'histoire :
Il était chez les Grecs deux arbres vénérés,
Deux arbres à l'amour par l'amour consacrés.
L'amant aimé de myrte ornait sa blonde tête.

(Après une pause.)

Détaché par sa main en un jour de tempête,
Ce rameau de cyprès me rappelle en tout lieu,
Et son dernier regard, et son dernier adieu.
Je le garde : insensible, il m'est resté fidèle,
Plus que le genre humain, ce sensible modèle!
Jamais il n'a souri lorsqu'éclataient mes pleurs,
Jamais il ne s'est plaint de mes longues douleurs.
De tant d'amis légers, aux mains, au cœur de femme,
Seul il sait les secrets endormis dans mon âme.
Si tu veux sur mon compte en savoir un peu plus,
Tu peux l'interroger sans crainte de refus.

(A la branche.)

Dis-lui depuis quel temps je déplore ma perte,
Depuis quand à mes yeux la tombe s'est ouverte.
C'était... oh! que de jours, que d'ans sont écoulés!
Quand je pris ce cyprès de ses doigts effilés,
Je m'en souviens, c'était une feuille chétive,
Grande comme cela; loin, bien loin, sur la rive,
Je courus la planter dans un beau sable d'or,
Et bientôt sous mes pleurs sa tige prit essor.
Vois quel riche feuillage aujourd'hui la couronne,

Comme son front touffu près du foyer rayonne!
Sous les derniers poisons quand je tombai flétri,
Traînant un cœur éteint dans un buste meurtri,
Fuyant un ciel jaloux, au milieu des ténèbres,
J'ombrageai mon tombeau de ses tresses funèbres.

(Avec un doux sourire.)

Oh! c'est bien la couleur de ses jolis cheveux!
Je vais te les montrer, prêtre, si tu le veux.

(Il cherche et les arrache de son sein.)

Pour briser ce lien je crois ma force vaine.

(Avec un nouvel effort.)

Les cheveux d'une vierge! ah! quelle douce chaîne!
Mais quand je la posai sur mon sein, ô douleur!
Comme un cilice ardent elle étreignit mon cœur;
Elle creuse la chair, elle mord mes entrailles!...
Oui, je sens pénétrer ses vivantes tenailles!...
Elle va m'étouffer!.. .... Ces immenses tourments
Sont encore moins grands que mes débordements.

LE PRÊTRE.

Je t'apporte la paix et l'espoir qui console.
Calme-toi, mon enfant, et retiens ma parole :
Quels que soient les péchés que ton âme ait commis,
A qui souffre beaucoup il est beaucoup remis.
Dieu te pardonnera dans une autre patrie.

LE PÈLERIN.

Mes péchés! quels sont-ils? dites-le, je vous prie.
Un innocent amour peut-il donc mériter
Ces peines que l'esprit se refuse à compter?
En créant la beauté, Dieu créa cette flamme

Qui nous la fait aimer et bénir en notre âme ;
Dieu nous donna l'amour, cet éternel hymen
Qui réunit deux cœurs dans un splendide Eden.
Avant de s'élancer des sources de lumière,
Avant de revêtir leur linceul de poussière,
Pour jamais l'un à l'autre ils étaient fiancés.
A présent, quand la main d'ennemis insensés,
Voulant les séparer, en vains efforts s'épuise,
Cette chaîne s'étend et jamais ne se brise.
Nos cœurs, tout en cédant à l'obstacle gênant,
Bien qu'ils ne puissent point se confondre un instant,
Partis d'un seul foyer suivent le même orbite.

LE PRÊTRE.

En ses projets mondains en vain l'homme s'excite :
Seul Dieu peut désunir ce qu'il a réuni.
Ton supplice demain peut-être aura fini.

LE PÈLERIN.

Là haut, du moins !... jetant sa dépouille mortelle,
L'âme se réunit à l'âme qui l'appelle !
Ici s'est englouti notre dernier espoir ;
Ici je la quittai pour ne plus la revoir ;
Ici j'ai vu s'enfuir son ombre décevante !

(Après une pause.)

Cette scène d'adieux est toujours là vivante !
L'automne s'avançait avec son ciel blafard ;
Le vent soufflait glacé, je marchais au hasard
A travers les sentiers du jardin solitaire.
Demain j'allais partir ; demain !... dans la prière
Je cherchais la vertu dont j'armerais mon cœur

Contre les derniers traits de son regard vainqueur.
J'allais sans savoir où ; j'allais, j'allais sans trêve,
Murmurant de vains mots, comme un homme qui rêve.
Nuit froide et magnifique, ô bel ange d'amour,
Vous êtes-vous ensemble envolés sans retour ?
Il avait plu le soir... et sous ses belles larmes
La nature semblait avoir de nouveaux charmes.
Les fleurs me souriaient... je m'en souviens toujours ;
Des perles frissonnaient sur leur sombre velours.
La terre scintillait de gouttes de rosée ;
Une brume neigeuse inondait la vallée ;
L'œil se perdait au loin sur ce vaste océan ,
Immense marche-pied d'un immense géant.
La lune poursuivait devant sa face blanche
Le nuage changeant, formidable avalanche
Entraînant dans ses flancs l'étoile au front si pur.
Tout changeait tout-à-coup ; dans une mer d'azur
L'étoile allait plonger sa mourante étincelle.
Je regardai les cieux... seule, et toujours plus belle,
Tu planais sur mon front, étoile du matin !
Ah ! je te connais bien, astre du pèlerin ;
Chaque jour je te vois, toi, ma seule famille !
Je regardai la terre... et là, sous la charmille,
Auprès du pavillon soudain je l'aperçus !
Oh ! ma tempe battait, et je n'entendais plus !
Blanche, froide, à genoux, sous la sombre feuillée,
On eût dit d'un tombeau la pierre immaculée !
Et puis elle bondit et se mit à courir,
Sans laisser échapper une plainte, un soupir.

Comme une douce brise elle fuyait, légère,
Les cils de ses beaux yeux s'abaissaient vers la terre.
Je m'inclinai, je pus observer sa pâleur !
Une larme tremblait, de l'orage du cœur
Divine pluie, au bord d'une frange d'ébène.
Sa robe me frôlait, je buvais son haleine.
Demain, je pars demain ! m'écriai-je éperdu.
— Oubliez-moi, partez ! — Oh ! j'ai mal entendu !
Tu me parlais si bas. T'oublier, impossible !
Ordonne, ordonne donc à ton ombre paisible
De descendre sous terre et de quitter tes pas.
Oublier ! c'est facile à dire, n'est-ce pas ?

(Il chante.)

Oublions-nous ! plus de tristesse ;
Un autre est déjà mon époux.
Je garde à jamais

(Parlé.)

votre souvenance.....

(Il chante.)

Mais je ne puis être à vous !
Oublions-nous !

Demain ! je pars demain !... rien que ma souvenance !
Je posais ses deux mains sur mon cœur en démence.

(Il chante.)

Elle était belle comme un ange *,
Au sein radieux, au front pur.
Son regard semblait un mélange
De candeur, de flamme et d'azur.

Son baiser... extase infinie !
C'est un vrai nectar, c'est du feu !

* D'après Schiller.

De deux luths la douce harmonie
Montant de concert près de Dieu !

Le sein, les lèvres tremblent, brûlent
D'une indicible volupté ;
Sous nos pas terre et ciel ondulent
Comme un océan agité.

Prêtre, tu ne sens pas toutes les voluptés
Qui coulent de chacun de ces vers enchantés!
Tu ne baisas jamais une amante adorée,
Ta lèvre ne but point à sa lèvre sucrée!
Qu'un profane blasphème, et, cherchant à mourir,
Qu'un blond adolescent fatigue le plaisir,
Pour les désirs d'amour tu restes impubère,
Sous les baisers d'amour ton cœur serait de pierre.
O bel ange, je fus déshérité des cieux
Quand ton premier baiser vint mourir sur mes yeux !

(Il chante.)

Son baiser... extase infinie !
C'est un vrai nectar, c'est du feu !
De deux luths la douce harmonie
Montant de concert près de Dieu !

(Il saisit un enfant et veut l'embrasser. L'enfant, effrayé, s'enfuit.)

LE PRÊTRE.

Pourquoi donc as-tu peur d'un homme, ton semblable ?

LE PÈLERIN.

Hélas! ainsi tout fuit devant le misérable.
Fuyez ce monstre affreux qui vous glace les sens.
C'est ainsi, c'est ainsi qu'elle a fui, mes enfants!
« Adieu! » comme un éclair ensanglantant la nue,
Je la vois disparaître au bout de l'avenue.

(Aux Enfants.)

Pourquoi m'a-t-elle fui? Pouvais-je l'offenser?
Pouvais-je d'un regard, d'un geste la blesser?
Allons! rappelons-nous!

(Il réfléchit.)

Ma tête est si troublée!

Non, non! je vois bien tout, le jardin, la feuillée.
J'ai bien tout retenu.

(Avec douleur.)

Je n'ai dit que deux mots,
Rien que deux mots, mon père, avec de longs sanglots:
« Demain... adieu! » Mais elle, aussi froide, aussi blanche,
A l'arbre de la mort arracha cette branche,
Puis, me montrant la terre et penchant son œil bleu :
« Ici bas voilà tout ce qu'il nous reste !... adieu! »
Et comme un pâle éclair serpentant dans la nue,
Je la vois disparaître au bout de l'avenue.

(Il sanglote.)

LE PRÊTRE.

Jeune homme, tes douleurs réveillent mon effroi !
Pourtant, que de milliers plus malheureux que toi !
Moi-même j'ai pleuré bien des pertes cruelles.
J'ai vu dans le tombeau les dépouilles mortelles
D'un père et d'une mère à jamais vénérés.
J'ai vu mes deux enfants, deux anges adorés,
Comme sur un rameau deux blanches tourterelles,
Vers le séjour de Dieu tendre leurs jeunes ailes.
Celle qui partageait ma joie et ma douleur,
La femme que j'aimais.... que j'aime au fond du cœur...

Hélas ! que pouvons-nous ? Dieu donne et Dieu réclame.
Ah ! que sa volonté soit faite, et non...

LE PRÊTRE , avec force.

Ta femme ?

LE PRÉTRE.

Ce souvenir affreux me déchire le sein.

LE PÈLERIN.

Quoi ! partout où me pousse un aveugle destin,
Chacun pleure sa femme ! Eh ! je n'y puis rien faire.
L'ai-je donc rencontrée ?

(En se reprenant.)

Écoute-moi, mon frère,

Je t'apporte, à mon tour, des paroles de paix.
Époux abandonné, songes-y désormais,
Même avant son trépas, ton épouse était morte.

LE PRÊTRE.

Comment ?

LE PÈLERIN , de plus fort en plus fort.

Lorsque l'on dit à l'enfant qui vous porte

Son bonheur, son espoir et ses rêves si doux :
O vierge, sois ma femme ! elle suit son époux,
Ou plutôt au cercueil elle vient d'elle-même.
Plus de père, d'amis, plus de frères qu'on aime ;
Plus de mère non plus, et même... Pauvre enfant,
Ne franchis pas le seuil... ton époux le défend.

LE PRÉTRE.

Tes aveux sont empreints d'un étrange mystère.
Mais pourtant ton amie est vivante, j'espère ?

LE PÈLERIN.

Vivante !

(Avec ironie.)

Faut-il pas en remercier Dieu !
Vivante, elle ? non, non ! j'en mets ma main au feu !
Quoi ! tu ne me crois pas ? mais c'est me faire injure.
Les deux pouces en croix, à genoux, je le jure :
Elle est morte, elle est morte ! et ne revivra pas !...

(Lentement, après une pause.)

C'est qu'il est, vois-tu bien, trois genres de trépas :
D'abord la mort commune : elle frappe, insensée,
Le vieillard et l'enfant, l'époux, la fiancée ;
Des milliers, en un mot, en meurent tous les jours,
Le soir et le matin, et la nuit, et toujours ;
Et Marie en est morte aussi, pauvre Marie !...
Que je vis dans les prés rieuse... puis flétrie !

(Il chante.)

Là bas où fleurit la vallée
Sous le bleu Niémen étalée,
Quel est ce tertre abandonné
Sous la spinarose et l'armoise,
Sous la pervenche, la framboise,
Comme un front de vierge incliné ?
J'ai vu par la tombe ravie
La plus jeune, hélas ! de nos sœurs,
Et n'ayant goûté de la vie
Que ses plaisirs et ses douceurs,
Quitter ce beau ciel qu'elle envie !

Approchons. Sur un oreiller,
Blanche, elle paraît sommeiller
Comme l'aurore humide et pâle
Au sein des nuages d'opale.

Un vieux prêtre est là, sur le seuil,
Ici des compagnes en deuil ;
Plus triste encor je vois sa mère,
Et le plus triste parmi tous,
Son amant prie à ses genoux.
De ses yeux l'éclat éphémère
S'anime et s'éteint tour à tour ;
Sa bouche, où fleurissait la rose,
Se fane et pâlit sans retour :
La violette y semble éclose,
Et l'amour encor s'y repose.
Levant un front décoloré,
Elle nous sourit de tendresse,
Et, voyant le cercle éploré,
Elle retombe avec tristesse.
Blanche comme le pain sacré
Qu'un ministre pieux lui porte,
Les bras raidis, le sein tremblant
S'agite encor, toujours plus lent ;
Il ne bat plus... Marie est morte ! ..
Voyez ce dernier souvenir,
Ce diamant baigné de flamme :
Ainsi dans ses yeux de saphir
Brillait, au moment de mourir,
Un dernier rayon de son âme,
Imitant l'insecte argentin
    Qui charme nos ombrages,
    Ou les pleurs du matin
    Glacés par les orages.

Levant un front décoloré,
Elle nous sourit de tendresse,
Et, voyant le cercle éploré,
Elle retombe avec tristesse.
Blanche comme le pain sacré
Qu'un ministre pieux lui porte,
Les bras raidis, le sein tremblant
S'agite encor, toujours plus lent ;
Il ne bat plus... Marie est morte !...

UN ENFANT.

Tu m'as fait bien pleurer... Morte ! quelle douleur !...
Est-ce donc ta cousine, ou ta petite sœur ?
Mais ne pleure pas, toi ! si le bon Dieu l'appelle,
Tous les soirs nous dirons des prières pour elle.

LE PÈLERIN.

Il est une autre mort plus terrible cent fois !
Ce n'est pas d'un seul coup que dans vos membres froids
Elle inocule, hélas ! son poison délétère.
Douloureuse, elle plane au-dessus de la terre,
Traînant péniblement son lugubre linceuil.
Tremblez, car un éclair ensanglante son œil,
Car elle a vu deux cœurs s'enivrant l'un de l'autre,
Et sur ce double cœur, féroce, elle se vautre.
Oh ! comme elle a fané l'espoir de mes beaux jours !
Son souffle desséchant le pénètre toujours.
La mort, Marie, à quoi peut-on vous reconnaître ?
Elle marche, respire, elle pleure peut-être ;
Mais bientôt s'affaiblit le secret sentiment,
Et son cœur s'endurcit comme le diamant.
La mort a vu deux cœurs appuyés l'un sur l'autre,
Et sur ce double cœur, féroce, elle se vautre.
Et la morte fleurit de jeunesse et d'attraits.
Ah ! cette mort fut celle... oh ! non, jamais, jamais !
N'est-ce pas, mes enfants, que c'est bien plus terrible,
Quand le cadavre marche, oublieux, impassible,
Avec ses deux grands yeux ouverts comme cela ?

(Les Enfants s'enfuient.)

Je vous dis qu'elle est morte !... Alors que j'étais là,

Pleurant, tordant mes mains sur ses membres humides,
Ces hommes sont venus m'entourer, les stupides !
L'un d'eux ose, à mes yeux, soutenir que je mens ;
L'autre, en me secouant, vient réveiller mes sens :
« Mais regarde ; elle vit ! »

(Au Prêtre.)

Ne crois pas ces blasphèmes :
Ce sont de faux témoins qui s'abusent eux-mêmes.
Prêtre, écoute plutôt le cri de mon amour :
Elle est morte... Marie est morte sans retour !

(Après une pause.)

Une autre mort, enfin, d'ici-bas nous rappelle :
L'Écriture le dit : Damnation éternelle !
Oh ! malheur à celui qui dans ses bras se tord !
Et je mourrais peut-être, enfants, de cette mort.
Mes crimes sont si grands.

LE PRÊTRE.

Le Seigneur les pardonne.
L'excès d'amour a fait que tu n'aimes personne,
L'amour te conduira dans un meilleur sentier.
Tu pèches contre toi, contre le monde entier.
L'homme n'est point créé pour le rire et les larmes ;
En naissant il reçut de fécondantes armes :
Il a la volonté, la vue et le pouvoir.
Le bien commun, voilà son unique devoir.
Quels que soient les tourments dont le Seigneur t'accable,
Chasse le souvenir de ton vil grain de sable,
Songe à l'immensité du sublime univers.
Calme, alors tu sauras supporter les revers.

Le serviteur de Dieu ne dort point à la tâche,
Et, malgré les chaleurs, travaille sans relâche.
Seul, le paresseux fuit au milieu de l'été,
Et va dans le tombeau chercher l'oisiveté,
Jusqu'à ce que, tonnant enfin à son oreille,
Du jugement dernier la trompette l'éveille.

LE PÈLERIN, étonné.

As-tu donc sous ton ordre un démon familier?

(A part.)

Ce prêtre est un espion, ou bien c'est un sorcier
Dont l'œil sait pénétrer au fond des consciences.

(Au Prêtre.)

Ne m'a-t-elle pas dit de pareilles sentences?
Ton discours est calqué mot à mot sur le sien.

(Avec ironie.)

Ce superbe sermon, certes, arrivait bien.
Que de mots résonnaient sur sa lèvre chérie :
La gloire et l'amitié, la science et la patrie !
Maintenant c'est chanter à la porte d'un sourd
Je me repose enfin, le faix est par trop lourd.
Mon génie, autrefois, comme un cheval de guerre,
Bondissait, plein de feu, pour courir la carrière ;
Au souffle de la Muse il se sentait frémir ;
Miltiade vainqueur m'empêchait de dormir.

(Il chante.)

Jeunesse ! au-dessus de l'espace
Prends ton essor en liberté,
Et que ton regard d'aigle embrasse
L'océan de l'humanité !...

Son souffle a déjà tué chaque immense fantôme !
Qu'en reste-t-il ? une ombre, un reflet, un atôme
Qu'un frêle papillon pourrait bien dévorer,
Et qu'avec son haleine elle peut aspirer,
Elle qui sur ce rien voudrait bâtir un monde.
Après avoir construit le moucheron immonde,
Elle voudrait créer un Atlas musculeux,
Sur ses flancs de granit osant porter les cieux.
C'est en vain ! car dans l'homme il n'est qu'une étincelle,
Qu'un léger souffle éteint, que rien ne renouvelle,
Qui ne s'allume en lui qu'au printemps de ses jours.
Si Minerve l'enflamme, alors et pour toujours
S'élève un philosophe à l'étroit sur la terre,
Et l'astre de Platon luit sur chaque hémisphère.
Si l'orgueil vient changer l'étincelle en foyer,
Oh ! alors le héros commence à foudroyer ;
Comme l'aigle, il s'élance aux plus ardentes cimes
Par de grandes vertus et par de plus grands crimes ;
Son bâton de berger fait et défait les lois,
Ou son regard renverse et le trône et les rois.

(Après une pause.)

L'étincelle, parfois, s'embrase aux yeux qu'on aime,
Et sa flamme ne brûle alors qu'en elle-même,
N'éclaire qu'elle, ainsi qu'en un tombeau romain
Brillait depuis mille ans une lampe d'airain.

LE PRÊTRE.

Jeune homme infortuné, toi que l'enthousiasme
A jeté dans ce froid et sceptique marasme,
Ces cris qu'un cœur saignant exhale vers le ciel

Me démontrent assez qu'il n'est pas criminel,
Et que la déité qui fait couler tes larmes,
Riche de ses attraits, possède d'autres charmes.
Autant tu mis d'ardeur à chérir sa beauté,
Autant il faut ici mettre de volonté.
Dépouille de ton cœur l'enveloppe glacée,
De cet être angélique imite la pensée,
Car le crime, en l'aimant, redeviendrait vertu.
Du manteau vertueux tu sembles revêtu,
Et ton amour sans frein te jette dans le crime.
Qu'importe qu'entre vous il se trouve un abîme?
Lorsque s'écroulera ce mortel univers,
Les âmes sœurs aussi déchireront leurs fers,
Là-haut iront s'unir dans un baiser mystique,
Et Dieu pardonnera votre amour frénétique.
C'est ainsi qu'on peut voir deux astres radieux
Graviter l'un vers l'autre en plongeant dans les cieux,
Et quand s'évanouit la brume qui les voile,
Se confondre à jamais dans une seule étoile.

LE PÈLERIN.

Tu sais tout! tu vois tout! Que veut dire cela?
Ce secret de nos cœurs, qui te le dévoila?

(Il imite la voix du Prêtre.)

« Cet ange de beauté qui fait couler tes larmes,
« Riche de ses attraits, possède d'autres charmes.
« Là-haut les âmes sœurs déchireront leurs fers!... »
Tu nous as épiés, pour sûr, prêtre pervers.
Mes amis les plus chers ignorent ce mystère,
Personne, excepté toi, ne le connaît sur terre.

Une main sur le sein, l'autre sur le cyprès,
Nous avons fait serment de taire nos secrets.
Une fois pourtant, oui... ma mémoire est fidèle :
J'avais vu la Madone au fond d'une chapelle,
Ses yeux me souriaient, bien que chargés de pleurs.
Elle me rappelait ma vierge... et mes douleurs.
C'était bien son regard et sa bouche pudique...
Je ravis aux couleurs leur empreinte magique.
Alors sous mon pinceau je la vis respirer,
Je vis son sein bondir, son front se colorer.
Ivre, balbutiant, succombant à l'extase,
J'appelais mes amis : Voyez, mon souffle embrase.
Je suis le Créateur, à mon tour. Insensé,
Le sentiment chez eux n'est-il pas émoussé !
Ils ignorent le cœur, ne savent que la femme,
Leur âme est aveuglée et ne lit point dans l'âme ;
Ils voudraient au compas mesurer la beauté ;
Ils regardent le ciel et son immensité
Avec les yeux du loup ou ceux de l'astronome.
C'est à faire rougir de porter le nom d'homme.
Pour tous ces cœurs d'acier la terre est un aimant.
Tel n'est point le regard du poëte, de l'amant.
En ce tableau muet je lui porte un tel culte,
Je crains tant sur son front le frisson de l'insulte,
Que je n'ose effleurer ce col immaculé ;
Et lorsque de la lune un rayon désolé
Pénètre dans ma chambre, ou quand ma lampe veille,
Si je lui dis bon soir, oh ! loin de son oreille,
Je n'ose découvrir ma poitrine si près,

Et je voile ses yeux avec ce vert cyprès.

Et mes amis ! à tort, à travers moi je jase !

Un d'entre eux, en voyant mon trouble et mon extase,

Se mordait, réprimant le sarcasme insolent

Qui tombait de sa lèvre, et me dit en bâillant :

« Ah ! d'honneur, mon très-cher, c'est un bijou de femme ! »

L'autre ajoute : « Tu n'es qu'un enfant ! » Ah ! l'infâme !

C'est ce vieillard maudit, dont le sang est glacé,

Car il nous a trahis !

(Avec un délire croissant.)

Il a tout dénoncé

A la foule, aux enfants, sur la place publique ;

Et l'un de ces enfants, un badaud lunatique

Est venu, sous le sceau de la confession,

Te révéler.....

(Égaré.)

Peut-être, en ta dévotion,

As-tu cru te charger d'une sainte prouesse

En violant bassement ma pensée à confesse !

LE PRÊTRE.

Que nous reviendrait-il de ces abus honteux ?

Quelque confus que soient tes récits douloureux,

L'œil peut encor plonger dans ce profond abîme,

Et du sentiment seul peut bien naître ton crime.

LE PÈLERIN.

Oui ! Mais il est un vice à nous tous naturel,

Indépendant de nous, et pourtant bien cruel :

L'angoisse qui, le jour, dans le cœur saignant vibre,

La nuit monte au cerveau. L'homme alors n'est plus libre

Et ne sait ce qu'il peut divulguer en rêvant.
Un soir... cela depuis m'est arrivé souvent ;
Pour la première fois en mon âme fleurie
Candide rayonnait l'image de Marie.
Je rentrai, savourant ce premier entretien
Où déjà nos regards se comprenaient si bien.
J'allai me reposer, sans parler à personne,
Pour notre saint amour implorant sa patronne.
Lorsque le lendemain, chancelant, soucieux,
Au baiser maternel je vins offrir mes yeux :
« Est-il donc des chagrins que l'on cache à sa mère ?
D'où te vient, mon enfant, cette ferveur austère ?
Durant toute la nuit je t'entendis prier ;
Ton cœur en gros soupirs s'exhalait tout entier ;
Sans cesse s'échappaient de tes lèvres ternies
De la mère de Dieu les saintes litanies. »
Je compris et fermai ma porte avant le soir.
D'être aussi cauteleux je n'ai plus le pouvoir :
Sans maison, je me couche où je rencontre un gîte ;
Mon sommeil au passant apprend ce qui m'agite.
Dans mes rêves fougueux, comme sur l'Océan!...
Nuit noire, éclairs, bourrasque, éternel ouragan ;
Toujours nouveaux tableaux, qu'un plus nouveau remplace ;
Bizarres créations qu'un léger souffle efface.
Sur la terre collé, soit que mon front meurtri
Cherche en ses profondeurs à creuser un abri ;
Soit qu'en l'azur des cieux aille sonder mon âme,
Un seul visage, un seul, mélancolique flamme,
Luit toujours devant elle, ainsi qu'au sein des eaux,

Caressant mollement les joncs et les roseaux,
La lune va baigner son visage muable,
Foyer brillant pour tous, pour tous insaisissable !
Un front serein, alors, jusqu'au sommet des cieux,
En suivant ma pensée, ondule, gracieux ;
Puis, comme l'aigle arrête au-dessus de la terre
Ses avirons légers qui se jouent du tonnerre,
Avant que de tomber sur l'oiseau pantelant,
Et, l'immolant d'un trait de son regard brûlant,
Plane, comme enlacé par un fil invisible,
Ou cloué sur le ciel par un bras inflexible :
Immobile, de même il rayonne sur moi.

(Il chante.)

> Je la redemande à l'aurore ;
> La nuit, je la cherche et l'implore ;
> En songe, elle est là ! je la voi
> Toujours près de moi, mais sans moi !

Lorsqu'elle m'apparaît, si belle je la voi,
Si blanche s'élever au milieu de la plaine,
Si fraîche au sein des fleurs s'inclinant sous leur reine,
Qu'en vain je tords ma langue au fond de mon palais
Pour ne lui point parler. Quand je vois tant d'attraits,
Ma lèvre balbutie et par son nom l'appelle.
Puis un méchant est là qui bientôt le révèle.
L'autre matin l'on m'a surpris assurément.
Attends un peu ! je vais te raconter comment.
Il avait plu, d'abord, et sous ces belles larmes
La nature semblait avoir de nouveaux charmes.
Les fleurs me souriaient ; il m'en souvient toujours.
Des perles frissonnaient sur leur sombre velours ;

Les prés resplendissaient de gouttes de rosée,
Une brume neigeuse inondait la vallée ;
Le jour naissant chassait les astres au front pur,
Qui, pâles, se plongeaient dans une mer d'azur.
L'étoile du matin seule brillait encore.
Je la revois toujours quand s'avance l'aurore.
Là, près du pavillon, je dirigeai mes pas.

(Se reprenant.)

Ce n'est pas du matin qu'il s'agit, n'est-ce pas ?
Ah ! tête romanesque ! ah ! vertige exécrable !

(Après une pause.)

Si, c'était le matin : me roulant sur le sable,
Je rêvais, je pleurais ; dans un blasphème affreux,
Mon délire accusait les hommes et les dieux ;
Et la pluie en torrents ruisselait sur ma tête ;
Et la bise sifflait ! Quelle horrible tempête !
J'allai dans un buisson chercher un vain abri !

(Avec un sourire mélancolique.)

Ce vaurien m'épiait ; sans doute il a souri
En voyant tous les maux dont saigne l'âme aimante.
Il peut avoir surpris le nom de mon amante !

LE PRÊTRE.

Pauvre ami ! que dis-tu ? qui t'a donc épié ?

LE PÈLERIN.

Qui ? le frêle animal qui rampait sous mon pied :
C'était un ver luisant. Oh ! douce créature !
Il vint à moi, pensant refermer ma blessure :
« Infortuné mortel, pourquoi gémir ainsi ?
Pourquoi ces yeux brûlés par le cuisant souci ?

D'un plus grand désespoir ne te rends pas coupable !
Si ton cœur est aimant et la vierge adorable,
A qui la faute ? Vois ce riche diamant
Qui jaillit de mon corps et brille doucement.
D'abord j'en étais fier ; après j'ai su comprendre
Qu'à chaque instant la mort pourrait bien me surprendre,
Car il attirera l'ennemi furieux.
Combien de mes amis ont été sous mes yeux
Sourdement dévorés par l'immonde reptile !
Je maudissais alors cette lueur futile
Qui ne peut que hâter l'heure de mon trépas.
J'eusse voulu l'éteindre et ne le pouvais pas.
Ah ! tant que je vivrai brillera cette flamme ! »

(Après une pause, en montrant son cœur.)

Oui, ma mort seule peut l'étouffer dans mon âme !

LES ENFANTS.

Bon père, voyez-vous !... quel miracle étonnant !
Avez-vous entendu rien de plus surprenant ?
Comment, ainsi que nous parlent des vers de terre ?

(Le Prêtre sort en haussant les épaules.)

LE PÈLERIN.

Eh ! pourquoi pas, enfant ? Va sous ce secrétaire.
Écoute bien : une âme en peine erre dedans.
Sur la planche entends-tu ses transports impudents ?
Eh bien ! elle demande ici trois patenôtres.

L'ENFANT.

Je crois qu'il a raison. Silence donc, vous autres !
On dirait une montre au fond d'un oreiller.
Qu'est-ce que c'est ?

LE PÈLERIN.

Jadis c'était un usurier !
Aujourd'hui ce n'est plus qu'un insecte invisible,
Un taret.

(A l'insecte.)

Que veux-tu, réponds, âme pénible?

(Il contrefait sa voix.)

« Au nom du Dieu vivant, trois patenôtres! » Bon !
Ah! ah! te voilà pris, vieux cuistre, affreux barbon !
Il était mon voisin : je pouvais le connaître.
Enseveli sous l'or, son seul Dieu, son seul maître,
Barricadant ensemble, et sa porte, et son cœur,
Il se riait des cris que pousse la douleur.
La faim pouvait gémir sous ses noires croisées,
La misère y traîner ses guenilles usées,
Pas une seule fois la veuve ou l'orphelin
N'en reçut une obole, un scrupule de pain.
Lorsque ce gueux vivait, son âme mercenaire
Errait parmi des sacs, au fond d'un secrétaire.
Enfants, voilà pourquoi, maintenant qu'il est mort,
Il ronge, mord le bois, qu'il perce, perce encor,
Jusqu'à ce que l'enfer à jamais le réclame.
Dites, si vous voulez, trois *Ave* pour son âme.

(Le Prêtre revient en apportant un verre d'eau.)

LE PÈLERIN, toujours plus égaré.

Avez-vous entendu le sourd gémissement
De ce mauvais esprit?

LE PRÊTRE.

Dieu ! quel égarement !

(Il se retourne.)

Et personne ! partout la nuit muette et noire !

LE PÈLERIN.

Applique ton oreille un peu mieux sur l'armoire.

(A l'Enfant.)

Viens ici, mon enfant ! N'as-tu rien entendu ?

L'ENFANT.

Bon père, cela parle !

LE PÈLERIN.

Eh bien ! qu'en penses-tu ?

LE PRÊTRE.

Allez dormir, enfants ! Tout repose sur terre,
Et le silence règne autour du presbytère.

LE PÈLERIN, aux Enfants, avec un sourire.

Ce n'est pas étonnant ! Le vieillard n'entend pas !
La nature pour lui parle toujours trop bas.

LE PRÊTRE.

Un peu d'eau, mon ami, sur ta tempe et ta lèvre
Peut-être calmera cette brûlante fièvre.

LE PÈLERIN.

(Il prend de l'eau et s'en lave le front. La pendule commence
à sonner ; après quelques coups, le Pèlerin laisse tomber le
vase, et regarde, immobile, sombre et sévère.)

Dix !

(Le coq chante.)

Ah ! le chant du coq ! c'est le premier signal !
La nuit passe, le temps marche d'un pas brutal.

(Une lumière s'éteint sur la table.)

Et la première flamme, éteinte ! encor deux heures !

(Il commence à trembler.)

Quel frisson ! se peut-il qu'en ces lieux tu demeures !

Par ces fentes le vent souffle sec et glacé.

Qu'il fait donc froid !

(Il s'approche du poêle.)

Où suis-je ?

LE PRÊTRE.

Oh ! le pauvre insensé !

LE PÈLERIN.

Réponds ?

LE PRÊTRE.

Chez un ami !

LE PÈLERIN , reprenant connaissance.

Je t'ai fait peur, sans doute.

Je suis venu bien tard..... si longue était la route !

Une chambre étrangère ! et quel accoutrement !

J'ai dû parler beaucoup. Ah ! fais-moi le serment

De ne pas dire un mot !...

(Il se retourne et continue avec toute sa raison.)

Tu le vois, je voyage.

J'arrive de bien loin en ce triste équipage.

J'étais bien jeune encor, quand, dans un défilé,

Je fus dévalisé par un brigand ailé.

(Avec un sourire.)

Il m'a laissé tout nu ! L'aventure est plaisante !

Il faut bien mettre alors tout ce qui se présente !

(Il arrache les feuilles et rajuste ses habits avec tristesse.)

Las ! il m'a dépouillé, lâchement il m'a pris

Tous les trésors du monde, et ce n'est qu'à ce prix

Que j'ai pu conserver ma robe d'innocence.

LE PRÊTRE,
Qui n'avait cessé de regarder la bougie éteinte, au l'èlerin.
Au nom du Seigneur-Dieu qui calme la souffrance,
Calme-toi !

(Aux Enfants.)
Mais qui vient d'éteindre ce flambeau?
LE PÈLERIN.
Tu veux interpréter chaque signe nouveau!
Demande à la raison..... Il faut bien qu'on le sache,
Comme nous, la nature a des lois qu'elle cache,
Non seulement aux yeux des peuples ébahis,

(Avec feu.)
Mais encore aux savants, aux prêtres.
LE PRÊTRE , le prenant par la main.
O mon fils!
LE PÈLERIN, ému autant qu'étonné.
Mon fils !... Ah! cette voix, comme un coup de tonnerre,
Pénètre ma pensée, et m'éveille, et m'éclaire !
Oui, j'entends, je comprends, j'ai toute ma raison !

(Il fixe avec attention les traits du vieillard.)
Oui, je vois où je suis et dans quelle maison.
C'est toi, mon second père, et voilà ma patrie !
Ah ! je reconnais bien ta demeure chérie !
Comme tout est changé ! Tes fils sont déjà grands !
Ton front semble plier sous la neige des ans !
LE PRÊTRE, interdit.
(Il prend une lumière et le regarde.)
Comment ! tu me connais? C'est lui!... celui que j'aime!

Oh ! non, cela n'est pas !

LE PÈLERIN.

C'est Gustave !... lui-même !

LE PRÊTRE.

(Il laisse tomber la lumière ; les Enfants la ramassent, la ral-
lument et la replacent sur la table.)

Gustave ! tu serais Gustave !

(Il l'embrasse.)

Mon cher fils !

Gustave, mon élève ! oh ! Dieu, je te bénis !

GUSTAVE , qui l'embrasse en regardant la pendule.

Je puis donc t'embrasser encore, mon bon père !
Après... bientôt... j'irai loin de ton presbytère...
Ah ! tu dois faire aussi le chemin que je fais :
Nous nous embrasserons alors, et pour jamais !

LE PRÊTRE.

Gustave ! d'où viens-tu ? Mon Dieu ! quel long voyage !
Quels bords t'ont retenu si longtemps en ôtage ?
Tu partis sans nous dire où tu guidais tes pas :
Qui t'aurait cru vivant ? et tu n'écrivais pas
Une ligne, un seul mot. C'est mal. Et tant d'années
Se sont, depuis ce jour, si longuement traînées !
Ami, que deviens-tu ? Devais-je ainsi te voir,
Toi sur qui je fondais mon plus brillant espoir,
Près de qui je voyais refleurir ma jeunesse,
Et tomber jour à jour les ans de ma vieillesse !
Peut-on changer ainsi ? Puis, dans quel vêtement !

GUSTAVE , avec dépit.

O vieillard ! à mon tour, je pourrais à présent,

Devant toi me dresser et crier anathème !
Je maudis tes leçons, tes préceptes, toi-même ;
Rien que leur souvenir me fait grincer les dents !
C'est toi qui m'as tué... Parmi tous les enfants
Tu m'es venu chercher pour me forcer à lire !
Tes livres, la nature excitent le délire...
La terre, tu m'en fis un enfer

(Avec un sourire.)

et le ciel !

(Avec un geste de mépris.)
Et ce n'est que la terre !

LE PRÊTRE.

Oh ! c'est boire le fiel !
Jésus ! moi j'ai voulu le perdre ! Je le jure,
Je t'aimais comme un fils ! j'ai la conscience pure !

GUSTAVE.

Aussi je te pardonne !

LE PRÊTRE.

Et pressentant la mort,
Que demandais-je à Dieu ? de te revoir encor
Une fois dans ma vie !

GUSTAVE, le serrant dans ses bras.

Embrassons-nous, mon père,
(Regardant la lumière.)
Avant de voir mourir la seconde lumière.
Tes vœux sont exaucés. Il est déjà bien tard !

(Regardant la pendule.)
Et le chemin est long !

LE PRÊTRE.

Mais avant ton départ,

Ne me diras-tu pas au moins tes aventures,
Tes périls, tes chagrins, tes épreuves futures ?
J'ai soif de tout savoir... Tu resteras ici !
Va dormir, le sommeil doit t'accabler !

GUSTAVE.

Merci !

Je ne puis accepter ton offre généreuse :
Cette charge pour toi serait trop onéreuse,
Et je n'ai plus de quoi m'en acquitter.

LE PRÊTRE.

Comment ?

GUSTAVE.

Maudit l'homme qui prend et ne rend nullement !
Un service se paie, ou par d'autres services,
Ou par de généreux, mais secrets artifices,
Ou par le don d'un pleur, dont le Père éternel
Vous tiendra compte, un jour, dans son palais du ciel.
Mais moi, des souvenirs traversant la contrée,
D'où mon âme sortit saignante, déchirée,
Où tout lieu reconnu réveillait des douleurs,
Tout ce qui me restait d'émotions et de pleurs,
Las ! je l'ai dépensé ! Je serais condamnable
De m'endetter encor, quand je suis insolvable.

(Après une pause.)

Ma pauvre mère est morte ! oh ! tu dois le savoir.
La douleur ne pouvait m'empêcher de revoir
Le toit où s'abrita ma confiante jeunesse.

A peine je pouvais dans leur morne tristesse
Reconnaître ces lieux où le cœur maternel
M'entoura d'un amour, hélas ! aussi mortel.
Partout où se portaient mes yeux muets et sombres,
Ce n'était que débris, ce n'était que décombres.
Tout avait disparu, les odorants bosquets,
Le buisson protecteur, le carreau des parquets ;
Sur les murs crevassés, languissante, esseulée,
S'efforçait de grandir la pâle giroflée ;
On voyait dans la cour laissée à l'abandon,
Maigrement verdoyer l'absinthe et le chardon,
Une rouille mousseuse envelopper la pierre.
Partout le calme froid, comme en un cimetière,
Lorsque minuit vous trouve assis sur un cercueil.
Radieux, autrefois, je franchissais le seuil.
Quelques jours écoulés loin de cette demeure
Faisaient de mon retour bientôt désirer l'heure.
D'un fils absent toujours on rêve le trépas !
Je voyais des amis me suivre à chaque pas.
Partout la joie aux yeux, l'amitié sur la bouche.
Dès le plus grand matin abandonnant leur couche,
Les serviteurs zélés étaient sur le chemin,
Interrogeant au loin un signe de ma main.
Mes frères et mes sœurs, forts de leur jeune audace,
Arrêtaient la voiture au milieu de la place.
« C'est Gustave ! c'est lui ! » Sans peur de se blesser
Ils se hissent vers moi pour plus tôt m'embrasser.
Ils savent bien qu'on cède à leur naïve enfance
Et que chaque caresse aura sa récompense.

On part, on vole ensemble, on brûle le pavé.
Pauvre mère, ton fils est enfin retrouvé !
Chasse ce noir souci qui te donne la fièvre,
Viens couronner mon front des baisers de ta lèvre !
Et les amis d'enfance usurpent vos deux mains !...
Ces beaux jours n'auront plus de pareils lendemains !
Maintenant le désert, la nuit et le silence ;
Pas une âme qui vive et sur vos pas s'élance !
On n'entend que d'un chien les aboiements plaintifs,
Puis des bruits de marteau lointains et fugitifs.
Mais je connais ce chien qui tourne et qui frétille :
Ah ! c'est donc toi, jadis ami de la famille ;
Mon bien-aimé Corbeau, de tant de serviteurs
Seul tu vis où sont morts tes anciens bienfaiteurs,
Et cassé par les ans, mourant de faim peut-être,
Gardes le seuil ouvert d'une maison sans maître.
Approche, ami fidèle ! Il me lèche la main,
Il court, s'arrête, écoute, et s'élance soudain.
Étouffant un long pleur et semblant se débattre,
Il retombe à mes pieds, où la mort vient l'abattre.
Dans les vitres soudain miroite une lueur,
De mes cheveux descend une froide sueur.
J'entre : de noirs bandits qu'une lanterne cache
Font sauter sous les coups d'une pesante hache
Jusqu'aux débris sacrés des œuvres du passé.
Près du lit maternel où je fus tant bercé,
Un voleur accroupi déchirait avec rage
Les carreaux du parquet insensible à l'outrage.
Mais j'étais là !... bientôt, haletant, furieux,

Et bien que son regard me transperçât les yeux,
Je renversai d'un bond cette tête farouche
Qui vomissait l'écume et le sang par la bouche,
Et dont les yeux sortaient écrasés sous mes pieds.
Sur la terre rougie en pleurant je m'assieds.
J'entends alors des pas : la lumière douteuse
Me laisse apercevoir une forme boiteuse
Que couvrent à moitié des haillons en lambeaux.
On dirait un fantôme exhumant des tombeaux
Un front branlant toujours sur un corps qui vacille.
Elle fuit à ma vue, en perdant sa béquille ;
Un rauque cri de peur expire en son gosier.
« Pourquoi donc, bonne femme, à ce point t'effrayer ?
Pourquoi te signes-tu ? suis-je l'homme du crime ?
Mon front est-il marqué du sang d'une victime ?
Ne crains rien, car aussi tu connais la douleur,
Et le malheur peut-il insulter au malheur ?
Mais toi, qui donc es-tu ? si matin qui t'amène ?
Parmi ces froids débris où ton œil se promène
Que cherches-tu ? — Du pain, ou bien un souvenir.
Ces murs où fleurissait la foi dans l'avenir,
Habités autrefois par les meilleurs des maîtres,
Protégent maintenant les voleurs et les traîtres.
Maîtres infortunés autant que généreux,
Puisse le Tout-Puissant prendre enfin pitié d'eux !
Père, fils, tous, hélas! ont roulé dans la tombe,
Sans qu'un seul échappât à l'horrible hécatombe !
Leur maison se lézarde et croule sourdement.
L'aîné de la famille est mort assurément,

Car pas un souvenir à son nom ne s'éveille. »
Et sa voix en sanglots tremblait dans mon oreille,
Mille images dansaient dans ma cervelle en feu.
Tout est donc fini !

LE PRÊTRE.

Tout, excepté l'âme et Dieu !
Souffrances et bonheur, tout passera sur terre.

GUSTAVE.

Et que de souvenirs encore au presbytère !
Ici, dans cette cour, il t'en souvient encor,
Tes fils chéris et moi roulions un sable d'or.
Là, dans ce frais bosquet, nous guettions la fauvette,
Qui nous livrait son nid par sa plainte indiscrète ;
Nous courions nous baigner dans cet humble ruisseau ;
Dans ce champ bondissaient la balle ou le cerceau.
Quand la brume estompait la riante vallée,
Ou plutôt quand l'aurore enflammait la feuillée,
Dans ce pré Tasse, Homère, auteurs cent fois chéris,
Venaient m'électriser au feu de leurs écrits.
A Vienne, avec Jean III j'emportai la victoire ;
Je rêvais le combat, ses dangers et sa gloire.
Bientôt mes compagnons d'accourir à ma voix :
Je commande l'armée et je dicte des lois.
Mes escadrons du bois défendent la lisière ;
Le croissant lance ici son éclat sanguinaire ;
Là, tremblants, les Germains ont resserré leurs rangs.
De mon coursier, alors, je déchire les flancs,
Et, la lance en arrêt, je fonds comme la foudre
Au sein des bataillons, qui roulent dans la poudre

Des sabres polonais je guide les éclairs.
Les râles et les cris se heurtent dans les airs.
Tout fuit, et dans le sang nos armes retrempées
Font pleuvoir des turbans et des têtes coupées.
Le janissaire en vain cherche un lointain abri :
Sur le sable il succombe, écumant et meurtri ;
Sous leur poitrail fumant les chevaux tout humides
Brisent leurs cavaliers que la peur rend livides.
Nous frayons un chemin jusqu'au pied des remparts,
Et sur ce mamelon flottent nos étendards.
C'est là qu'elle apparut, radieuse et badine,
Admirant sous ses pieds notre guerre enfantine.
Mais je sentis mourir en mon cœur ébahi
Godefroy de Bouillon et Jean Sobieski,
Lorsque je vis planer au-dessus de sa tête,
Diadème brillant, le croissant du prophète.
Depuis lors elle fut mon conseil et ma loi,
Elle seule partout, avec et près de moi!
Oui! je ne vécus plus que par elle et pour elle!
Elle vit en ces lieux, où tout me la rappelle :
Je l'entrevis ici pour la première fois ;
Là je pus m'enivrer des doux sons de sa voix ;
Là, plus loin, sur ce mont que l'amour éternise,
Ensemble nous lisions la *Nouvelle Héloïse.*
Je lui fis un berceau de cet ombrage frais;
Dans la nef de ce bois pour elle je cueillais
La fraise aux doux parfums, la marguerite blanche;
Debout à mes côtés et s'armant d'une branche,
Elle pêchait la truite au corsage vermeil,

La carpe dont l'or pur frissonnait au soleil,
Dans le lit vagabond de l'onde transparente.
Et maintenant, flétri par l'amère tourmente...

(Il pleure.)

LE PRÊTRE.

Pleure ; mais sans changer un instant à nos jours,
Les souvenirs cuisants nous déchirent toujours.

GUSTAVE.

Aujourd'hui sur ma tête ont pesé tant d'années,
Les fleurs de mes beaux jours furent si tôt fanées,
Que dans ces lieux, où tout exhale le bonheur,
Je me sens mordre encor par la dent du malheur.
Ah ! si tu ramassais les cailloux insensibles
Qui récréaient l'enfant dans ses ébats paisibles ;
Après avoir couru les terres et les mers,
Si tu les rapportais des bouts de l'univers
Et venais les placer sous la tête en poussière
Du vieillard que la mort a couché dans la bière,
Et qui, jadis enfant, les roulait dans sa main ;
Alors, de ces cailloux qui n'avaient rien d'humain
Si tu ne vois pas sourdre une larme furtive,
Reprends-les pour briser ma tempe convulsive,
Prêtre, et sans jugement lance-moi dans l'enfer.

LE PRÊTRE.

O mon fils bien-aimé, ce pleur n'est point amer !
La joie a la douleur, la peine a l'espérance !
Dans l'étau du malheur broyée à toute outrance,
Quand l'âme exhale à peine un soupir douloureux,
Au souvenir brûlant d'un passé plus heureux,

Sur l'autel social le sentiment l'épanche.

Les pleurs du crime seul n'ont rien qui les étanche.

GUSTAVE.

Attends donc... Au jardin je descendis sans bruit,

Vers la même maison, en automne, la nuit.

C'était le même ciel festonné de nuages,

Le même clair de lune argentant les feuillages,

Des perles scintillaient au calice des fleurs,

Le brouillard dans sa neige emportait leurs senteurs.

Les astres, appâlis par leur course nocturne,

Replongeaient dans l'azur leur face taciturne ;

Et, comme alors aussi, l'étoile du matin

Souriait dans les cieux au pauvre pèlerin,

Car je veux tous les jours sa tremblante caresse.

C'était aux mêmes lieux, hélas ! la même ivresse

Et les mêmes transports, moins l'objet adoré !

Du pavillon alors je franchis le degré.

Un murmure léger glisse contre la porte.

C'est elle!... vain espoir! c'est une feuille morte

Que la brise a ravie au plaintif arbrisseau.

O toi, de mon bonheur la tombe et le berceau,

Funeste pavillon ! Ici ma fiancée.

Éblouissant mes yeux, captiva ma pensée ;

Ici je la vis fuir mon cœur endolori.

Ah ! que n'ai-je éprouvé sous ton riant abri !

Hier elle s'assit peut-être à cette place,

Hier ses pas légers ont laissé cette trace,

Hier nous respirions le même air tous les deux.

J'écoute et cherche en vain : rien ne frappe mes yeux.

Pas une seule voix dans ce morne silence ;
Une seule araignée observe et se balance
Au bout d'un fil léger qu'une feuille retient.
Elle et moi même fil au monde nous soutient.
Bientôt je sentis fuir ma force et mon courage.
Seul débris survivant à mon triste naufrage,
Une feuille flétrie au milieu d'un bouquet
Gisait abandonnée à l'angle du bosquet.

   (Il tire la feuille de son sein.)

C'était l'autre moitié de cette feuille même,
Le dernier souvenir de notre adieu suprême.
Ma lèvre interrogeait et baisait à la fois
Cette sincère amie animée à ma voix.
Quelle heure aux pieds du Christ la trouve agenouillée ?
Quel auteur favori la laisse émerveillée ?
Quel air son piano chante le plus souvent ?
Quelle source la voit se mirer en rêvant ?
Quel est l'appartement qui lui plaît davantage ?
Mon souvenir vient-il colorer son visage ?
Parfois, sans le savoir, redit-elle mon nom ?
Ai-je bien entendu ? Tu me trompes ? — Non ! non !
D'un désir curieux ô châtiment terrible !

   (Il se frappe au front avec colère.)

Une femme !

    (Il chante.)

     D'abord !...

       (Il s'interrompt.)

        Race incompréhensible !

   (Aux Enfants.)

Oh ! la vieille chanson, enfants, a bien raison :

Le prix de tant d'amour, oui, c'est la trahison!

(Il chante.)

> D'abord elle vous pleure
> Chaque jour, à toute heure.

CHOEUR D'ENFANTS.

> On pleure, et chaque jour?
> Quel violent amour!

GUSTAVE.

> Puis elle pleure à peine
> Une fois par semaine.

CHOEUR D'ENFANTS.

> Par tendresse ou pitié,
> Quelle ardente amitié!

GUSTAVE.

> Puis, quand le mois s'écoule,
> La colombe roucoule.

CHOEUR D'ENFANTS.

> Quel bon cœur! une fois
> Tous les trente-un du mois!

GUSTAVE.

> Puis on vous pleure chaque
> Année une fois l'an,
> Vers les fêtes de Paque.

CHOEUR D'ENFANTS.

> Que c'est tendre et galant!

GUSTAVE, montrant la feuille.

Ainsi loin de ses yeux elle a jeté ce gage!
Ainsi mon souvenir est pour elle un outrage!...
Je ne sais quel pouvoir tout-puissant me conduit
Et m'entraîne au château, là bas narguant la nuit
A travers les rayons vomis par ses fenètres.
J'entends les mille cris des valets et des maîtres.

Les carrosses en vain me froissent à tout coup.
Me voilà près du mur ; je marche à pas de loup.
Enfin, je puis tout voir par la vénitienne !
O mon Dieu ! que d'acteurs pour cette étrange scène !
Les buffets sont dressés ; l'or partout éblouit !
Je rêve, n'est-ce pas ? c'est l'effet de la nuit !
Mais non ! j'entends des chants ! c'est bien de la musique.
C'est sans doute une fête ! à présent tout s'explique.
Un toast ! ah ! c'est son nom ! ne la trahissons pas !
Une voix retentit au milieu du repas :
Vivat ! et sur-le-champ mille bouches vermeilles
Répètent ce vivat qui bruit à mes oreilles.
Oui ! qu'elle vive en paix ! et j'ajoute en mon cœur :
« Sois heureuse ! » Soudain, ô misère ! ô douleur !
Quoi ! de tels souvenirs n'arrachent point mon âme !
Un prêtre à l'autre nom unit son nom de femme !
« Qu'ils vivent ! »

(Il fixe ses yeux sur la porte.)

On sourit en les félicitant.

Je connais cette voix !... c'est la sienne !... pourtant...
Ne puis-je donc rien voir à travers cette glace ?
Oh ! la rage m'aveugle ! arrière ! faites place !
Et je saute à la vitre... et je tombe mourant !

(Après une pause.)

Mourant !... je le croyais ! insensé seulement !

LE PRÊTRE.

Malheureux, tu cherchais les douleurs les plus vives.

GUSTAVE.

Seul, ainsi qu'un cadavre, à côté des convives.

Couché sur le gazon que lacéraient mes dents,
Mes fureurs répondaient à leurs transports ardents.
Les maux les plus affreux heurtaient leur folle ivresse.
La brise m'éveilla de sa fraîche caresse.
Au levant, le soleil empourprait l'horizon.
Je restai là, debout, implorant ma raison.
Puis le bruit s'est éteint, la flamme évanouie
Je n'ai jamais compté pareille heure en ma vie.
Cet instant de lenteur et de rapidité
Passa comme l'éclair, comme l'éternité.
Ainsi s'écouleront les secondes funèbres
Quand, jugés, nos esprits descendront aux ténèbres.

(Lentement, après une pause.)

Alors... je fus maudit, et l'ange de la mort
M'exila loin des cieux !

LE PRÊTRE.

       Ami, je plains ton sort !
Mais pourquoi rallumer les feux de la blessure
Lorsque la guérison peut être prompte et sûre.
Rappelle-toi, mon fils, l'adage d'autrefois :
Il est vieux, mais il est consolant à la fois :
Ce que l'on fit hier ne saurait se défaire.
En cela bénissons Dieu, le souverain Père !

GUSTAVE

Oh non ! Dieu nous créa du jet d'un seul amour,
L'un pour l'autre il nous fit naître le même jour.
Le même astre échauffa nos cœurs, comme deux frères,
Égaux, quoique sujets à des destins contraires !
Pour être en tout pareils il ne nous manquait rien :

C'était la même taille et le même maintien,
Les mêmes sentiments et les mêmes pensées
Nos âmes à jamais étaient donc fiancées ;
Mais ces liens, ourdis pour braver mille morts,

(Avec amertume.)
Toi, tu les as tranchés sans honte, sans remords.

(Avec colère.)
Femme, duvet d'un jour, ton nom est perfidie !
Oh ! ta beauté rendrait ivres de jalousie
Les anges du Seigneur, et ton âme est cent fois
Pire que celle des... O grand Dieu, tu le vois,
L'or et les dignités ont brisé ton ouvrage.
Ces bulles, que détruit le moindre vent d'orage,
Ont ébloui ses yeux, puis étouffé son cœur.
Puisses-tu, puisque l'or de l'amour est vainqueur,
Convertir en lingots tout ce que ta main touche,
N'étreindre, n'embrasser, sur ton sein, de ta bouche.
Que cet or plus glacé que l'un de tes soupirs !
Moi, si j'étais ainsi maître de mes désirs,
Si l'on m'avait montré la plus belle madone,
Une œuvre du Seigneur où sa gloire rayonne,
Plus belle mille fois que les plus beaux esprits,
Que les songes dorés qui traversent mes nuits,
Que ces êtres divins que le poète embrase,
Lorsqu'il tombe épuisé par l'amour et l'extase,
Plus belle que toi-même !... oh ! j'atteste les cieux,
Pour toi, pour un regard, un seul de tes doux yeux,
Je l'eusse abandonnée à qui l'eût voulu prendre :
Cette femme, eût-elle eu le pouvoir de répandre

Autour de son époux les perles, les rubis,
L'or que roule le Tage et l'or du Paradis ;
M'eût-elle couronné de sa blanche innocence,
Ah ! je l'eusse donnée au prix de ta présence !
Si pour tant de splendeur et pour tant de beauté,
Elle ne réclamait de mon humilité
Rien qu'un an, quand à toi j'offre ma vie entière,
Devant tant de bienfaits je resterais de pierre !
S'il me fallait donner rien qu'un mois, rien qu'un jour,
Un sourire, un regard, rien qu'un doux mot d'amour ;
Non ! non ! mille fois non !

(Avec sévérité.)

Et toi, d'un cœur de glace,
Toi dont l'indifférence a corrodé la face,
Sans craindre du Seigneur la malédiction,
Tu prononças l'arrêt de ma perdition !
Tu soufflas ce foyer dont l'étincelle immonde
Dissout tous les liens qui nous fixaient au monde,
Et qui met entre nous un enfer éternel.
Perfide ! ton amour est un poison mortel !
Mais les cieux irrités hâteront leur vengeance !
On souffre... puis on rit en léguant sa souffrance !
Moi-même..... tremblez donc, infâmes flagorneurs !

(Il tire son stylet.)

C'est pour vous ce hochet, ô mes nobles seigneurs !
Je vais tirer du vin pour vos santés de noces !
Ah ! démon féminin, aux sourires atroces,
Va, je t'enlacerai d'une étreinte de fer !
Tu m'appartiens ! .. roulons ensemble dans l'enfer !

Allons! ..

(Il s'arrête et réfléchit.)

Oh! non!... non!... non!... suis-je donc une femme?
Il faut pour la tuer être encor plus infâme
Que le roi des démons! Assassin, cache-toi !

(Il remet le poignard dans son sein.)

Oui! que mon souvenir, comme un sombre beffroi,
Vienne changer en deuil tes belles fiançailles!

(Le Prêtre passe dans une autre pièce.)

Et que ses dents de fer grincent dans tes entrailles !
J'irai, j'irai la nuit, pour la voir seulement!
Sans stylet; en tous points jouons le sentiment!
Dans ses salons où l'or sur le marbre s'épanche,
Où hurlent ces buveurs, frisés, dorés sur tranche,
Quand les vins frémiront, bouillant dans les cerveaux,
J'apparais, promenant ma défroque en lambeaux,
Et, cette feuille au front, je m'arrête près d'elle.
La cohue, interdite, en se levant chancelle.
On m'avance une chaise... on porte ma santé.
Je demeure muet dans ce monde éhonté.
Entraînés par les luths et les voix qui s'enrouent,
Les cercles tout poudreux se nouent et se dénouent.
La walse en tournoyant m'enlace avec fureur.
Armé de cette feuille et la main sur mon cœur,
Moi je me tais!... Alors, avec cette élégance
Dont seule elle connaît la perfide influence :
« Bon pèlerin, dit-elle, apprenez-nous ici
Votre rang, votre nom..... D'où venez-vous ainsi ? »
Et je me tais encore... et mon regard l'embrasse,

8.

Le regard du serpent qui fascine et terrasse.
Tout l'enfer de mon cœur rugit dans ce coup d'œil.
Fût-elle aveugle et froide autant qu'un froid cercueil,
Mes yeux de part en part la percent tout entière.
Infernale vapeur, je mords à sa paupière
Et m'enfonce à jamais dans son large cerveau.
Chaque moment m'inspire un supplice nouveau :
Je déflore le jour ses candides pensées ;
La nuit, je fais surgir des ombres courroucées.

(Plus lentement, avec compassion.)

Elle, cet ange pur dont la sainte beauté
Garde pour le malheur des trésors de bonté !
Elle, qu'eût renversée une douleur amère,
Ainsi que sur les fleurs ce duvet éphémère
Qu'emporte le zéphyr qui le vient caresser,
Ou qu'une goutte d'eau suffit pour écraser.
Rien qu'un pli sur mon front ride son âme pure.
Chaque parole brusque y laisse une blessure !
Oh ! nous lisons si bien dans nos cœurs radieux,
Nos cœurs si dévoués, ne faisant qu'un à deux,
Que l'un peut deviner sitôt que l'autre pense.
Étroitement unis par toute l'existence,
Nos traits, voilà le prisme aux changeantes couleurs
Où vient se réfléchir l'image de nos cœurs.
Les sentiments secrets que mes regards expriment
Pénètrent dans son âme et ses yeux qu'ils animent.
Ensemble nous foulons les ronces et les fleurs,
Je ris à son sourire, elle pleure à mes pleurs.
Puis-je donc aujourd'hui la glacer d'épouvante,

Du masque d'un damné revêtir une amante ?
Oh! non, je l'aime tant ! Puis-je hâter sa mort ?
O vile jalousie! A-t-elle eu quelque tort ?
M'a-t-elle donc leurré d'une phrase équivoque ?
Son sourire pudique a-t-il rien qui provoque ?
A-t-elle composé ses attraits décevants ?
Quelle fut sa promesse? Où sont donc ses serments?
A-t-elle seulement, pour calmer ma souffrance,
Fait briller dans mes nuits un rayon d'espérance ?
Non! je plongeai moi-même au torrent des douleurs,
J'apprêtai le poison dont aujourd'hui je meurs.
A quoi bon ce courroux? quels sont mes droits sur elle?
Où sont donc les hauts faits à mettre en parallèle
Avec tant de vertus dont le poids m'a froissé ?
Rien, rien!... je n'ai pour moi qu'un amour insensé!
Jamais je ne lui fis un aveu téméraire ;
Jamais un mot d'amour n'effleura sa paupière,
Je le sais : que voulais-je ? O mon Dieu! la faveur
D'être appelé son frère en l'appelant ma sœur.
Cela seul eût suffi pour ma béatitude !
Si je pouvais, au moins. dire avec certitude :
Je la vois, je l'ai vue hier encore, et demain
Je serai le premier à lui baiser la main,
Et partout, et toujours abrité sous son aile,
Avec elle au matin, tout le jour avec elle,
Avec elle le soir !... Oh! douce illusion!

(Après une pause.)

Non! non! tais-toi, mon cœur! c'est une déception!
Cesse ces bonds fougueux d'une trompeuse joie,

Car un argus jaloux vient t'enlever ta proie.
On me dira : « Va-t-en! loin d'ici va mourir! »

(Avec douleur.)

Mourir! cœurs de rocher, qu'on ne peut trop flétrir!
Mais savez-vous combien cette mort est horrible ?
Mourant, le pèlerin, sur son lit insensible,
Ne voit pas un regard, et pas un doigt ami
Ne vient fermer ses yeux, déjà clos à demi !
Une famille en pleurs n'entoure pas sa bière !
Personne pour le suivre à sa couche dernière!
Personne pour jeter le linceul sablonneux !
Pas une larme vraie ou feinte dans les yeux !
Oh ! s'il était permis d'apparaître à mon ombre,
Quand la nuit descendra sous ton alcôve sombre !
Durant un jour, un seul, si tu prenais le deuil !
En souvenir des maux qui creusent mon cercueil,
Si le ruban des morts tranchait sur ta parure,
Tes yeux s'y porteraient peut-être d'aventure !
Et tu dirais peut-être, étouffant un sanglot :
« Gustave m'aimait tant ! »

(Avec une ironie sauvage.)

Arrière, triple sot !
Homme mou ! Brise-toi, vile corde plaintive !
Me faut-il sangloter lorsque la mort arrive,
Comme un enfant aimé, saturé de bonheur !
Les cieux m'ont tout ravi… sans étouffer mon cœur !
Il y reste l'orgueil qu'ils ne pourraient reprendre !
Vivant, les dignités n'ont pas su me surprendre,
Mort, oh! je n'irai point mendier la pitié !

(Avec détermination.)

Fais ce qu'il te plaira!... je foule sous mon pié,

Comme toi, mes désirs et ma croyance folle.

Oublie-moi! je saurai t'oublier, vaine idole!

(Troublé.)

Eh! ne l'ai-je pas fait ?

(Pensif.)

Ses traits, déjà confus...

Oui, pâlissant toujours... ne me tourmentent plus!...

Déjà l'éternité me couvre de son aile,

Et rejette au néant cette flamme mortelle.....

(Pause.)

Je soupire! pour qui? Mon Dieu! pour elle encor.

Je ne puis l'oublier, même aux bras de la mort!

N'est-elle pas ici?... la sœur auprès du frère?

Elle pleure sur moi... Oh! sa larme est sincère!

(Avec douleur.)

Aimée, oh! pleure encor l'amant qui va mourir.

(Avec détermination.)

Gustave, allons! courage!

(Il lève le stylet. — Douloureusement.)

A-t-il peur de souffrir?

Pourquoi trembler? la mort n'a rien qui l'épouvante!

Que peux-tu regretter? Son âme défaillante

N'emporte rien..... sa mort t'abandonne aujourd'hui

Et la vie, et l'amour...

(Avec force.)

Et ton... oui, même lui!...

Je ne demande rien, non, pas même une larme.

(Au Prêtre, qui rentre avec des domestiques.)

Et toi, qui ne sais pas comment elle vous charme,
Écoute, si tu vois jamais sur ton chemin

(En délire, avec une fureur croissante.)

Une fille... une femme... un être surhumain,
Et si dans tes aveux il s'efforce de lire
La cause de ma mort, oh ! ne va pas lui dire
Que c'est le désespoir ; mais dis-lui que toujours
On m'a vu folâtrer en narguant les amours,
Sans reparler jamais d'une amante chérie ;
Que je buvais, jouais, et menais folle vie ;
Que l'ivresse... qu'au bal un imprudent effort
Me fractura le pied...

(Il frappe du pied.)

Et que... que j'en suis mort...

(Il se perce le sein.)

LE PRÊTRE.

Crains le ciel, malheureux ! O Jésus ! je frissonne !

(Il lui saisit la main. Gustave reste debout. La pendule commence à sonner.)

GUSTAVE, en luttant contre la mort.

(Il regarde la pendule.)

L'aiguille a marqué l'heure, et le timbre résonne !...
Onze heures !

LE PRÊTRE.

Mon ami !

(Le coq chante pour la seconde fois.)

GUSTAVE.

C'est le second signal !...

Le temps vole, la vie atteint son but fatal !

(La pendule cesse de sonner ; une autre bougie s'éteint.)

Et la seconde flamme en s'éteignant crépite !
O mort ! ce sont nos maux que ta faulx décapite !
Viens !...

(Il retire le poignard et le cache.)

LE PRÊTRE.

Au secours !... Peut-être on peut encor.. Malheur !...
Il meurt, il meurt... le fer a plongé dans le cœur !
De son égarement il est tombé victime !

GUSTAVE, avec un froid sourire.

Lui tomber, oh ! non pas ! regarde donc !

LE PRÊTRE , le saisissant par la main.

O crime !

Seigneur, pardonnez-lui !... Gustave, qu'as-tu fait ?

GUSTAVE , avec ironie.

Tous les jours ne voient pas un semblable forfait !...
Ne crains rien : dès longtemps c'est chose décidée...
Le criminel n'a fait que poursuivre une idée.
Le désir de savoir ce qui fuit à vos yeux
Seul lui fit répéter ce forfait douloureux.

LE PRÊTRE.

Comment ? qu'est-ce ?

GUSTAVE.

Magie, adresse, sortiléges !

LE PRÊTRE.

Ne te condamne pas !... De pareils sacriléges
Hérissent les cheveux et vous glacent d'effroi.
Au nom du divin Père et du Fils, oh ! crois-moi,

Chasse de ton esprit ces croyances souillées.

GUSTAVE , en regardant la pendule.

Deux heures, tu le sais, deux se sont écoulées...
Oui, celle de l'amour, celle du désespoir.
Maintenant vienne l'heure où je pourrai SAVOIR !...

LE PRÊTRE.

Assieds-toi, laisse-moi le soin de tes blessures ;
Rends-moi cet instrument aux cruelles morsures.

GUSTAVE.

Ce poignard restera, je le jure, au fourreau,
Jusqu'au jour où mon corps lèvera son tombeau.
Oublions ma blessure. Ah ! c'est si peu de chose.
Ai-je l'air défaillant, languissant ou morose ?

LE PRÊTRE.

Dieu puissant, que penser ?

GUSTAVE.

Un délire nouveau
De fantômes grossiers vient peupler ton cerveau.
Distillant le poison, il est plus d'une lame
Qui, sans blesser le corps, pénètre au fond de l'âme...
Deux fois pareil stylet me laissa ses venins.

(Après une pause, en souriant.)

Il se loge ici-bas dans des yeux féminins,

(D'une voix sombre.)

Et lorsque le pêcheur croupit dans l'autre monde,
Il est dans le remords qui torture et qui gronde.

LE PRÊTRE.

On dirait un cadavre !... Oh ! par la Trinité,
Que peux-tu regarder ainsi de ce côté ?

Mais... ses yeux, tout à l'heure encore diaphanes,
Seigneur, semblent voilés par de sombres membranes.
Le pouls cesse... ses mains froides comme le fer...
Que veut dire cela?

GUSTAVE.

Dans le ciel ou l'enfer
Nous en reparlerons. Mais écoute, mon père,
Le motif qui me fait revenir sur la terre.
Lorsqu'en entrant chez toi, je restai sur le seuil,
Je vis, il m'en souvient, la tristesse et le deuil.
Des morts avec tes fils tu lisais la prière.

LE PRÊTRE , saisissant le crucifix.

C'est juste; et nous allons réciter la dernière.

(Il tire les enfants à lui.)

GUSTAVE.

Crois-tu donc à l'enfer, aux limbes, franchement?

LE PRÊTRE.

Je crois en Jésus-Christ, en son enseignement;
Je crois à notre Église, aux saintes Écritures...

GUSTAVE.

De nos pères crois-tu les croyances moins pures?
Ah! le plus beau des jours aux souvenirs pieux !
Pourquoi donc nous viens-tu supprimer les Aïeux?

LE PRÊTRE.

Cette solennité, d'une origine antique,
Mais impie, est contraire au rite catholique.
Notre mère, voulant le bonheur de ses fils,
M'ordonne d'éclairer leurs yeux et leurs esprits,
Et d'extirper à fond les funestes racines

Des superstitions et des fausses doctrines.

GUSTAVE, en montrant la terre.

Pourtant, on le demande aujourd'hui par ma voix,
Rendez-nous les *Aïeux*, nos rites d'autrefois.
C'est un conseil d'ami. Lorsque la Providence
Pesera nos actions dans sa juste balance,
Un seul pleur répandu par un bon serviteur
Au cercueil de son maître ou de son bienfaiteur,
Aura bien plus de poids que tous ces nécrologes
Achetés aux journaux , ces grands marchands d'éloges.
Des posthumes honneurs, un cortége officiel
N'ajoutent pas un grain aux balances du ciel.
Si, regrettant la mort d'un seigneur charitable,
Le peuple, pour garder un souvenir durable,
Dépose pour la vie un cierge à son tombeau,
Ce cierge brillera d'un éclat bien plus beau,
Seul rayonnant parmi d'éternelles ténèbres,
Que les ifs infectés des entrepôts funèbres.
Pour les bienfaits reçus voulant rendre un bienfait,
S'il apporte un rayon de miel, un peu de lait,
Si de fleur de farine il parsème sa pierre,
L'âme du trépassé bondira dans sa bière
Et sera mieux repue, oh! mieux, assurément,
Que tous les héritiers, après l'enterrement,
Promenant leur ivresse au jour et dans la fange.

LE PRÊTRE.

Très bien. Mais les *Aïeux*, cérémonie étrange,
Fille du paganisme et des superstitions,
Ces festins de damnés, ces évocations,

Faits dans les souterrains, à l'ombre des chapelles,
Rendent le peuple sourd aux croyances réelles.
De là mille récits bizarres sur les morts,
Les apparitions, les vampires, les sorts.

GUSTAVE.

Donc point d'esprits ?

(Avec ironie.)

Le monde, insensible matière,
Serait inanimé, fournissant sa carrière,
Comme un squelette aux mains d'un savant médecin,
Et mu par un ressort enfoui sous son sein ?
Ce pourrait être encore une horloge impuissante,
Dont les poids font marcher l'aiguille obéissante ?

(En souriant.)

Mais savez-vous par qui sont attachés les poids ?
Des rouages, des ressorts vous comprenez les lois,
Mais vous ne voyez pas la main, la clef maîtresse
Rendant le mouvement quand le mouvement cesse.
Si mon doigt, revêtu d'un pouvoir merveilleux,
Arrachait le bandeau qui te couvre les yeux,
Bientôt autour de toi surgirait mainte vie,
Un monde tout nouveau, dont ton âme ravie
N'eût jamais soupçonné les prodiges divers,
Hâtant le mouvement de l'inerte univers.

(Aux Enfants, qui rentrent.)

Approchez, mes enfants, là, près du secrétaire.

(Au secrétaire.)

Esprit, que veux-tu donc ?

UNE VOIX DANS LE SECRÉTAIRE.

Au nom de Dieu le Père,

Trois patenôtres !

LE PRÊTRE , tout effaré.

Ciel !... Réveillez le sonneur...
Le Verbe s'est fait chair !... Courez... il me fait peur !...

GUSTAVE.

Ne rougissez-vous pas ? Devant ces bagatelles,
L'espérance et la foi, dis, que deviennent-elles ?
La croix seule a la force, et non pas tes valets.
Qui craint Dieu ne craint rien et ne craindra jamais.

LE PRÊTRE.

Dis, parle, que veux-tu ?...C'est un spectre, un vampire !...

GUSTAVE

Il est tant d'indigents dont le malheur est pire !
Je n'ai besoin de rien, mon père.

(Il attrape un papillon autour de la lumière.)

Ah ! te voilà,

Messire papillon !

(Au Prêtre, lui montrant l'insecte.)

Tiens, ces phalènes-là
Qui volent par essaims en entourant la flamme,
Vivantes, éteignaient tout pur rayon de l'âme !
Aussi, quand sonnera l'heure du jugement,
Pour elles grondera l'heure du châtiment.
Leur corps s'enfoncera dans les ombres funèbres,
Mais leur âme, lancée au-dessus des ténèbres,
Voulant fuir la lumière au rayon détesté,
Ira s'y replonger, et pour l'éternité

Pour l'esprit de la nuit peut-on peine plus dure ?
Vois ce beau papillon, sa splendide parure,
Vois sur ses ailes d'or son riche armorial !
C'était un grand seigneur, un cacique royal.
Cette frêle envergure a projeté son ombre
Sur des districts entiers, sur des villes sans nombre.
Cet autre, plus petit, noir, rugueux et trapu,
Fut un censeur stupide, infectant, corrompu.
Des beaux-arts aspirant l'odeur la plus suave,
Sur chaque fleur nouvelle il vomissait sa bave ;
Sa trompe envenimée en suçait tout le miel.
Voyait-il une graine éclose sous le ciel,
Présager au savant une moisson prospère,
Soudain il la broyait sous sa dent de vipère,
Ou détruisait le germe arraché du sillon.
Ceux-là, qu'on voit pressés en épais tourbillon,
De l'orgueil, du pouvoir sont les thuriféraires,
Le troupeau bourdonnant des vains folliculaires.
Si le doigt du grand maître indique à leur courroux
Un champ à ravager, comme un nuage roux,
On les voit déployer plus d'un million d'ailes
Et fondre sur le champ, avides sauterelles,
Arrachant, dévorant, et semence, et moisson.
Tous ceux-là valent moins que la moindre oraison.
Mais il en est aussi moins à blâmer qu'à plaindre,
Tous ceux que tes leçons, ô Prêtre, ont su contraindre
A tourner leurs pensers vers de lointains pays,
Où leur cœur se baignait aux fraîches oasis,
Tes amis, tes enfants, dont l'ardeur naturelle

Près de toi retrouvait toujours ardeur nouvelle.
Vivants, à quel malheur leur front s'est-il heurté ?
Pour te l'apprendre j'ai franchi l'éternité.
J'ai renfermé ma vie entière dans trois heures ;
J'ai de nouveau subi les tourments dont tu pleures,
Dont souffrent tous tes fils, afin de te sauver.
Prêtre, c'est ton devoir aujourd'hui d'élever
Tes prières, tes vœux, dans un saint sacrifice,
Pour fléchir du Seigneur la sévère justice.
Pour moi, ton souvenir est le meilleur bienfait.
Vivre, n'était-ce pas expier mon forfait ?
Et je ne sais ici si mon âme s'élance
Au-devant de la peine ou de la récompense.
Heureux qui peut unir dans un baiser vainqueur
Et l'âme de son âme et le cœur de son cœur.
Les voluptés du ciel l'attendent sur la terre ;
Fuyant de vains plaisirs, la nature vulgaire,
Il est tout à l'amour, ne vit que par l'amour
Qui le berce la nuit et l'embrase le jour ;
Mais plus heureux encore, après l'heure suprême,
S'il s'oublie en entier et renonce à lui-même :
Il devient pour toujours l'ombre de l'être aimé !
Si l'amour a vaincu son orgueil désarmé,
Ils s'envolent tous deux aux glorieuses cimes ;
Si le mal l'a plongé dans les sombres abîmes,
Ensemble ils vont rouler dans les feux éternels.
Un ange m'a ravi du milieu des mortels,
Et pour elle et pour moi dans l'avenir rayonne
D'un bonheur infini la splendide couronne.

Tantôt dans les enfers, et tantôt dans les cieux,
Mon ombre effleurera l'onde de ses beaux yeux.
Oui, lorsqu'un souvenir soulève sa poitrine,
Quand brille sur sa joue une larme divine,
Je viens boire à sa lèvre et dormir sur son sein,
Je dénoue en jouant ses longs cheveux de lin,
Je me mêle à son souffle, et l'étreins, et l'embrase.
Oh! c'est le Paradis qu'une si douce extase!
Mais quand, hélas!... ô vous, qui connûtes l'amour,
Vous savez quel poignard vous brûle chaque jour,
Lorsque la jalousie au cœur fermente et gronde!...
Longtemps, longtemps encor j'errerai par le monde.
Mais si Dieu rappelait dans son sein radieux
Mon ange bien-aimé, peut-être dans les cieux
Mon âme, s'envolant sur sa brillante trace,
Sous ses ailes d'argent retrouverait sa place!

(La pendule sonne minuit. Il chante.)

Car apprenez, et notez en vous-mêmes
Que, d'après un ordre éternel,
Tel qui, vivant, goûta les biens suprêmes,
N'entre pas tout droit dans le ciel.

(La pendule cesse de sonner, le coq chante, la lampe s'éteint
devant l'image de la Sainte Vierge ; Gustave disparaît.)

CHŒUR.

Car apprenons, et notons en nous-mêmes
Que, d'après un ordre éternel,
Tel qui, vivant, goûta les biens suprêmes,
N'entre pas tout droit dans le ciel!

FIN.

Nous avons compris qu'il était de notre devoir de reproduire tex-
tuellement la traduction poétique faite par M. C. Ostrowski des
stances chantées par le héros du poème de Miçkiéwicz. Sans nuire
en rien au mérite de celui qui nous a devancé et qui le premier nous
a fait connaître la richesse de la littérature slavonne, sans contester
la facilité avec laquelle manie le vers français l'auteur de *Françoise
de Rimini,* nous croyons devoir indiquer ici les quelques modifica-
tions que nous avons fait subir à sa traduction rimée.

Page 6.

Descends, descends de la tourelle,
Et viens dans cet heureux séjour,
Tu verras fleur toujours nouvelle,
Et cœur toujours brûlant d'amour ;
Le rossignol pleurant d'ivresse
Sur un ruisseau toujours serein.
Pour un amant, pour la maîtresse,
Heureux le toit du pèlerin !

Pages 10 et 11.

Que n'ai-je éprouvé de souffrance !
La mort seule peut me guérir.
Si t'adorer est une offense,
Pour t'oublier je veux mourir !

Pourquoi la trouvé-je aussi belle !
Ses yeux, pourquoi sont-ils si doux ?
Moi qui n'ai jamais aimé qu'elle,
Devais-je donc la voir aux bras d'un autre époux !

Pages 20 et 21.

Son baiser... extase infinie !
C'est un vrai nectar, c'est du feu !
De deux luths la douce harmonie
Montant de concert près de Dieu !
Le cœur bondit, les lèvres brûlent
D'une indicible volupté ;
Sous nos pas terre et ciel ondulent
Comme un océan agité.

Page 52.

Puis elle pleure à peine
Une fois par semaine.

CHŒUR D'ENFANTS.

Soit regret, soit pitié,
Quelle ardente amitié !

GUSTAVE.

Puis quand le mois s'écoule,
La colombe roucoule.

CHŒUR D'ENFANTS.

Quel bon cœur, une fois
Tous les trente-un du mois.

GUSTAVE.

On peut enfin l'entendre
Gémir une fois l'an
A Pâque ou la Saint-Jean.

CHŒUR.

Que c'est galant et tendre !

Page 71.

CHŒUR.

Car, retenez-le bien, d'après l'ordre éternel,
Tel qui, vivant, goûta les biens suprêmes,
Franchissant de la mort les limites extrêmes,
Ne peut tout droit entrer au ciel.

Paris. — Typographie Jules Juteau et Cᵉ, rue Saint-Denis, 345.